Tucholsky   Wagner   Zola   Scott   Sydow   Freud   Schlegel
Turgenev   Wallace   Fonatne
Twain   Walther von der Vogelweide   Fouqué   Friedrich II. von Preußen
Weber   Freiligrath   Frey
Fechner   Fichte   Weiße Rose   von Fallersleben   Kant   Ernst   Frommel
Richthofen
Hölderlin
Engels   Fielding   Eichendorff   Tacitus   Dumas
Fehrs   Faber   Flaubert
Eliasberg   Ebner Eschenbach
Feuerbach   Maximilian I. von Habsburg   Fock   Eliot   Zweig
Ewald   Vergil
Goethe   Elisabeth von Österreich   London
Mendelssohn   Balzac   Shakespeare   Dostojewski   Ganghofer
Lichtenberg   Rathenau   Doyle   Gjellerup
Trackl   Stevenson   Hambruch
Mommsen   Tolstoi   Lenz   Hanrieder   Droste-Hülshoff
Thoma
von Arnim   Hägele   Hauff   Humboldt
Dach   Verne
Reuter   Rousseau   Hagen   Hauptmann   Gautier
Karrillon   Garschin
Defoe   Baudelaire
Damaschke   Descartes   Hebbel
Hegel   Kussmaul   Herder
Wolfram von Eschenbach   Dickens   Schopenhauer
Darwin   Melville   Rilke   George
Bronner   Grimm   Jerome
Campe   Horváth   Aristoteles   Bebel   Proust
Bismarck   Vigny   Voltaire   Federer   Herodot
Gengenbach   Barlach   Heine
Storm   Casanova   Tersteegen   Grillparzer   Georgy
Chamberlain   Lessing   Langbein   Gilm
Gryphius
Brentano   Lafontaine
Strachwitz   Claudius   Schiller   Schilling   Kralik   Iffland   Sokrates
Katharina II. von Rußland   Bellamy   Gerstäcker   Raabe   Gibbon   Tschechow
Löns   Hesse   Hoffmann   Gogol   Wilde   Gleim   Vulpius
Luther   Heym   Hofmannsthal   Morgenstern
Roth   Klee   Hölty   Goedicke
Heyse   Klopstock   Kleist
Luxemburg   Puschkin   Homer   Mörike   Musil
La Roche   Horaz
Machiavelli   Kierkegaard   Kraft   Kraus
Navarra   Aurel   Musset   Moltke
Nestroy   Marie de France   Lamprecht   Kind   Kirchhoff   Hugo
Laotse   Ipsen   Liebknecht
Nietzsche   Nansen
Marx   Lassalle   Gorki   Klett   Ringelnatz
von Ossietzky   Leibniz
May   vom Stein   Lawrence   Irving
Petalozzi   Platon
Pückler   Knigge   Kafka
Sachs   Poe   Michelangelo   Kock
Liebermann   Korolenko
de Sade   Praetorius   Mistral   Zetkin

Der Verlag tradition aus Hamburg veröffentlicht in der Reihe **TRADITION CLASSICS** Werke aus mehr als zwei Jahrtausenden. Diese waren zu einem Großteil vergriffen oder nur noch antiquarisch erhältlich.

Symbolfigur für **TRADITION CLASSICS** ist Johannes Gutenberg (1400 — 1468), der Erfinder des Buchdrucks mit Metalllettern und der Druckerpresse.

Mit der Buchreihe **TRADITION CLASSICS** verfolgt tradition das Ziel, tausende Klassiker der Weltliteratur verschiedener Sprachen wieder als gedruckte Bücher aufzulegen – und das weltweit!

Die Buchreihe dient zur Bewahrung der Literatur und Förderung der Kultur. Sie trägt so dazu bei, dass viele tausend Werke nicht in Vergessenheit geraten.

Neue Erzählungen aus Dingsda

Johannes Schlaf

Impressum

Autor: Johannes Schlaf
Umschlagkonzept: toepferschumann, Berlin

Verlag: tradition GmbH, Hamburg
ISBN: 978-3-8472-3630-6
Printed in Germany

Text der Originalausgabe

Johannes Schlaf

Neue Erzählungen aus Dingsda

Weihnachtswunsch und anderes.

Der
Weihnachtswunsch
und anderes.

Neue Erzählungen
aus Dingsda von
JOH. SCHLAF

BURGVERLAG · QUERFURT

Der Weihnachtswunsch

Der Weihnachtswunsch

Als Mutter gegen sieben mit der Kerze in der Hand in die Kammer eintrat und Walter weckte, muckschte er schlaftrunken erst noch eine Weile umher, weil er noch nicht aus dem schönen, warmen Bette heraus mochte. Aber mit einemmal fiel ihm ein, daß er heute ja gern in die Schule ging. Denn der Herr Kantor Behrisch hatte gestern gesagt, daß er die Weihnachtswünsche mitbrächte, und außerdem fingen heute die Weihnachtsferien an. Er wurde sofort still und ganz munter, warf geschwind das Deckbett zurück und sprang heraus.

Mutter, die schon hatte schelten und ihm das Bett wegziehen wollen, wunderte sich, sagte aber weiter nichts, weil sie draußen zu tun hatte, sondern ging zum Waschtisch hin, auf den sie die Kerze stellte, und dann, nachdem sie, ob er auch wirklich in Gang käme, noch einen Blick zu Walter hingetan, ging sie 'naus.

Aber er saß schon auf dem Stuhle, der vorm Bett stand, hatte schon die Strümpfe an, schlüpfte schnell in die Hosen, knöpfte die Hosenträger an, fuhr dann geschwind in die Hausschuhe und lief zum Waschtisch hin.

Er fror, daß er zitterte und ihm die Zähne klapperten, denn die Kammer wurde nicht geheizt und draußen lag hoch der dicke Schnee und es war grimmig kalt; aber eifrig stellte er sich, damit er ordentlich zur Waschschüssel 'naufreichen konnte, auf die Zehen und drückte die dünne Eiskruste ein, die sich auf dem Wasser gebildet hatte. Wie jedesmal dachte er, daß es doch schön wäre, wenn die Kammer geheizt und das Wasser warm wäre: aber erstens war das nun schon mal so, und dann hatte Vater gesagt, daß es gesund wäre, und daß einer sich nicht verwöhnen dürfte.

Hurtig griff er zur Seife und zum Waschlappen und fing an, sich mit dem kalten Wasser abzureiben. Dann trippelte er, vor Kälte ganz zusammengezogen, zum Handtuch hin, das neben dem Waschtisch an der Wand hing, und trocknete sich ab. Dabei zwinkerte er aber mit den Augen und zog die Nase kraus, die ganz rot war und an die ihn entsetzlich fror.

Aber das war ihm alles ganz egal. Er dachte nur an seinen Weihnachtswunsch, den er heute bekam. Er sah sich nicht mal, wie er sonst wohl tat, wenn er sich wusch und anzog, in der Kammer um, die sich mit einem geheimnisvollen Dunkel still um den kleinen, matten Lichtkreis der Kerze herum breitete, daß einer die Betten nur so ein bißchen hervordämmern sah. Und er sah auch nicht zu der viereckigen Fensterluke, die fast ganz dicht unter der Decke war, hin. Sie ging draußen auf die Holzgalerie 'naus und brachte ihn immer auf allerlei Gedanken, Geschichten und Märchen. Denn der Hof und die alte Holzgalerie, die rings um den Hof 'rumging, das war ja ein Burghof, und Winters Marie unten, die manchmal auf der Galerie schön bunte Wäschestücke zum Trocknen aufhing, war das Burgfräulein; und der dicke, goldblonde Zopf, den sie oben ringsum auf dem Kopfe hatte, war eine Krone; und das große, schmale Nachbarhaus war der Turm; und dann flogen auch manchmal Falken und Dohlen da oben umher, die vom Kirchturm 'rüber bis hierher kamen; und die Wäschestücke waren bunte Fahnen; ach, nein, Banner, Banner! – Und – ratsch! – so weiter, so weiter ...

An all das dachte er heute nicht, sondern machte nur, daß er so schnell wie möglich fertig wurde, langte eilig nach dem Kamm, den er mit seinen steifen, roten Fingern kaum halten konnte, kämmte sich und fuhr dann in seine Weste und in die Jacke.

Schon aber kam wieder Mutter, um noch mal nach ihm zu sehen und ihm seine, des Schnees wegen gut eingeschmierten, Schnürschuhe zu bringen. Aber sie hielt sich nicht weiter auf und sagte weiter nichts, sondern stellte die Schuhe bloß neben den Stuhl beim Bett und ging dann geschäftig wieder 'naus.

Walter hatte zu ihr zwar von dem Weihnachtswunsch sprechen wollen, da er aber sah, daß sie Eile hatte, verschob er's bis nachher, ging zum Stuhl hin und zog die Schuhe an.

Er ächzte dabei ein paarmal und zog ungeduldig die Stirn kraus; denn das war, da ihm die Finger so steif waren, daß er kaum die Senkel durch die Ösen kriegen konnte, ein schwer Stück Arbeit.

Endlich war er aber doch auch damit fertig. Nebenan in der Wohnstube, aus der durch das Glasfenster der Kammertür jetzt ein Lichtschein von der Petroleumlampe hereindrang, schlug der Kuckuck ein Viertel acht. Walter dachte daran, wie schön warm es dort war, und daß sein Milchkaffee und seine Semmel bereitstanden, pustete geschwind erst noch die Kerze aus und machte, daß er hinauskam.

Als er in die Stube eintrat, war niemand da. Vater war schon in der Stadt in seinem Bureau. Er tat einen Blick nach dem großen Eßtisch hin, der drüben vorm Sofa stand. Sein Trinkbecher, der aus gebranntem Ton, innen weiß und außen schön himmelblau mit runden, weißen Punkten war, stand schon da; aber die Semmel war noch nicht da, und es war auch noch kein Kaffee im Becher.

Weil ihn noch immer so fror, ging er zum Ofen hin. Eia, hier war's schön! Unten im Ofenloch bullerte und brauste das rote Feuer, und oben, in der Röhre, stand die große, braune Kaffeekanne, an der von einer gekräuselten, schwefelgelben Linie mit schwefelgelben Punkten dazwischen schöne, lange, schwefelgelbe Schlangenlinien herniedergingen.

Er stellte sich dicht an den Ofen 'ran und legte seine roten, von der Kälte noch ganz klammen Finger um den schön heißen Bauch der Kanne. Und weil's ihm an der Nase noch gar zu unbehaglich war, drückte er auch die Nase dagegen.

Die Kuckucksuhr tackte, unten bullerte das Feuer, vom Dach draußen trieb der scharfe Wind sirrende Schneewehen gegen die beiden Fenster, die, weil die Lampe brannte, und es draußen auf dem Platz vorm Hause noch dunkel war, zwischen den kleinen, weißen Gardinen noch ganz schwarz durchlugten.

Aber auf das alles achtete er nicht. Er dachte bloß daran, daß es den Weihnachtswunsch und Ferien gab, und daß es heute in der Schule schön wäre. Deshalb richtete er auch einen ungeduldigen Blick auf die Uhr und einen anderen nach der Tür hin, die auf den Flur 'nausführte.

Aber schon kam Mutter. Sie hatte in der einen Hand eine mit Pflaumenmus bestrichene Semmel, in der anderen das in Papier eingewickelte, zusammengeklappte Schmalzbrot, das er mit in die

Schule nahm. Sie ging damit zum Tisch und legte die Semmel auf die schwarze, mit grünen und roten Blümchen bemalte Wachstuchdecke neben den Trinkbecher und auch das Schmalzbrot. Dann kam sie zum Ofen hin, um die Kaffeekanne zu holen.

»Na, nu' geh' mal weg!« sagte sie. »Kriech' doch gar gleich in den Ofen 'nein! ... Und auch noch die Nase dran! Du bist schon 'n Raffinierter!«

»Mich friert doch dran?« antwortete er; aber er schämte sich ein bißchen, daß er die Nase an die Kanne gedrückt hatte und trat beiseit.

»Na, du wärst mir 'n Kerl!« sagte die Mutter, während sie die Kanne aus der Röhre nahm. Sie ging mit ihr, wie immer in Eile, zum Tisch und schenkte den Trinkbecher voll Milchkaffee; Walter ging ihr nach und setzte sich.

Er hatte gedacht, Mutter würde von selber auf den Weihnachtswunsch kommen. Als sie aber, nachdem sie, ob auch alles in der Stube in Ordnung wäre, sich noch mal umgesehen hatte, schon wieder gehen wollte, sagte er:

»Mutter, der Herr Kantor Behrisch bringt heute doch die Weihnachtswünsche mit?«

»Ach so!« machte die Mutter, die, schon die Hand auf der Türklinke, noch eine Weile nachdenklich dastand. Aber dann setzte sie, während sie mit sorgenvoll krausem Gesicht verdrießlich herübersah, hinzu: »Was? Den Weihnachtswunsch?«

Walter, der gerade, so schnell wie möglich, beide Hände um den warmen Becher, von seinem Milchkaffee trank, bekam es mit der Angst.

»Ich hab's doch gestern schon gesagt, daß wir heute die Weihnachtswünsche kriegen?« sagte er und starrte Mutter erschrocken an. Sein schöner Weihnachtswunsch! Und der Herr Kantor nahm es doch übel, dachte er, wenn man keinen Weihnachtswunsch nahm. Er war nahe daran, zu weinen.

»Eh, du mit deinem Weihnachtswunsch! ... Wenn nur immer Geld aus'm Hause getragen wird!«

Sie seufzte, nahm aber die Hand von der Klinke und trat in Gedanken langsam wieder in's Zimmer, wobei sie die Hand, mit der sie drin herumkrabbelte, in der Schürzentasche hatte. Walter, der ihre Hand beobachtete, atmete auf.

Mutter, die jetzt wieder beim Tisch war, fragte unlustig:

»Wieviel brauchste denn?«

Befriedigt sah er, wie jetzt, nachdem sie nochmals geseufzt hatte, Mutter zögernd die Hand mit dem Portemonnaie aus der Tasche zog.

»Ich weiß doch nicht?« sagte er bang.

»Na, hat er's denn nicht gesagt?«

Er sah Mutter an und schwieg.

Endlich sagte er:

»Es ist doch verschieden? ... Scharfs Hugo hat gesagt, er gibt 'ne Mark.«

Er biß schnell in die Mussemmel hinein, duckte die Schultern und zwinkerte, ohne Mutter anzusehen, mit den Augen. Wieder war ihm zum Weinen zumut.

»Nu' gar! 'Ne Mark! Du bist wohl nicht gescheit, Junge?« rief Mutter entsetzt. »Nu', da könnte dei' Herr Kantor wohl 'n schönes Geschäft machen! Das wäre! ... Was Scharfs können, können wir nicht! ... Nee, 's is wahr! Geld, Geld un' bloß immer Geld! Wenn einem bloß immer 's Geld aus der Tasche gezogen wird!«

Aber Walter sah, wie Mutter die Augen, als ob sie was überlegte, irgendwohin gegen die Decke hob, und jetzt knippste sie das Portemonnaie auf und krabbelte, die Stirn gekraust und vor sich hinbrummelnd, drin umher. Das dauerte eine Zeit, und Mutter seufzte dabei. Endlich aber kamen ihre Finger wieder zum Vorschein und sie legte langsam fünfundzwanzig Pfennige auf den Tisch.

»Da!« sagte sie. »Das ist genug, und schon zu viel!«

Mit weitaufgerissenen Augen starrte Walter das Geld an und wieder zuckte es ihm um den Mund.

»Oh!«

Er hatte jetzt eine furchtbare Angst. Man konnte zwar für den Weihnachtswunsch so viel geben als man wollte, aber fünfundzwanzig Pfennige waren schon das mindeste. Und wer, wenn er's dazu hatte, bloß so viel anbrachte, der kriegte dann, so mal bei Gelegenheit, womöglich vom Herrn Kantor seine Haue ab, dachte er. Und jetzt fing er wirklich an zu weinen und stotterte vorwurfsvoll hervor:

»Aber der Herr Kantor denkt doch, ich bringe mehr?«

»Na nu' gar, heul' doch gleich noch los, alter, großer Kerl! Schäm' dich!« schalt Mutter. Doch da sie dabei seufzte, beruhigte sich Walter wieder.

Mutter sah ihn nachdenklich an und überlegte. Immerhin mochte der Kantor von ihnen wohl mehr erwarten. Und so griff sie denn, wobei Walter ihr verstohlen erwartungsvoll zusah, nochmals ins Portemonnaie und zog, nachdem sie wieder einige Zeit sorgenvoll nachdenklich drin gekrabbelt hatte, langsam, zögernd, noch weitere fünfundzwanzig Pfennige draus vor, die sie, langsam, zögernd, zu den ersten hinzulegte.

»Na, denn meinetwegen, so! ... Eh, lauter so dumme Moden! Bloß daß einer's Geld los wird!« seufzte sie, dann ging sie hinaus.

Herzensfroh hatte Walter aufgeatmet. Vor Freude war er rot geworden und sah mit blitzenden Augen zu den vier Zehn- und zwei Fünfpfennigstücken 'nüber, die da noch weit von ihm fort drüben bei der Tischkante lagen. Fünfzig Pfennige! Ja, das war genug, da konnte der Herr Kantor nichts gegen sagen. Denn so viel wie Scharfs konnten sie ja nicht geben, das wußte er.

Eilig aß er seine Mussemmel auf und trank seinen Kaffee aus, stand auf und lief zu der Ecke beim Schrank hin, wo er seinen Schulranzen hängen hatte, und wo sein Überrock und sein Schal hingen. Wahrend er den Schal um den Hals schlang und den Überrock anzog, sah er nach der Uhr. Es war schon über dreiviertel acht. Schnell nahm er den Ranzen in die Höhe, warf ihn auf den Rücken, hakte unter der Achsel den Riemen ein, stülpte die Kappe auf, lief zum Tisch hin, nahm die fünfzig Pfennige, die er in die Seitentasche steckte, in die andere tat er das Schmalzbrot und ging.

Draußen im Flur aber trat er erst nochmal in die Küche und sagte, wieder ganz munter, aber doch noch ein bißchen ängstlich, daß Mutter die fünfzig Pfennige doch noch wieder leid werden könnten, schnell:

»Adjeh, Mutter, ich gehe!«

Dann machte er sich hurtig auf den Treppenflur 'naus und lief, so schnell er im Dunkeln konnte, die steile, schmale Holztreppe 'nunter, öffnete die Haustür, deren Bimmel laut und hell aufschallte, und trat hinaus.

Als er die Haustür wieder zugeklinkt hatte, blieb er, die Hände in den Rocktaschen, erst noch eine Weile stehen.

Der Platz war noch dunkel. Drüben an Goldschmieds Hausecke, um die 'rum es in die schwarze Schlippe nach dem Bach 'nunterging, brannte noch die Laterne. Kein Mensch, nicht ein Hund oder ein Spatz, war zu sehen. Aber Habermanns Kaufladen an der anderen Ecke drüben war schon auf und drinnen hell. Und viele Fenster waren hell, guckten wie hellrote Augen in die düstere Morgendämmerung 'nein. Die Wetterfahne auf Engels Hause, die sonst immer so kreischte, wenn der Wind sie herumwarf, stand, obgleich der Wind nur so sauste, ganzstill. Wahrscheinlich war sie festgefroren. Der Himmel oben war dick grau wie ein Sack. Es schneite nicht. Manchmal aber, wenn der Wind recht sauste, fuhren breite, weiße, seine Schneewehen von den Dächern 'runter oder über den Platz hin. Der ganze Platz war dick verschneit und so weiß, daß es ordentlich schimmerte. An manchen Stellen hatte der Wind den Schnee meterhoch zusammengefegt. Auch auf allen Dächern, von denen manche hoch und manche niedrig waren, lag der Schnee wie ein dicker, weißer Pelz, der sich oben mit einer weißglimmenden Linie gegen den dunkelgrauen Himmel abhob, und von den Dachkanten hingen, durchsichtig wie Glas, in langer Reihe dicht bei einander lange, dicke Eiszapfen 'runter.

Walter fror erbärmlich. Aber er freute sich, denn es war das richtige Weihnachtswetter.

Schon wollte er nach rechts über den Platz zur Straßenecke 'nüberstapfen, als er mit einem Mal zurückfuhr, die Augen zukniff, die Schultern zusammenzog und den Kopf vorduckte.

»Schiiiiiiiiiiihhhh ...« war es um die Hausecke 'rumgesaust, daß er wie vor einer Mauer zurückprallte, und eine mächtige, große, breite Schneewehe war ihm in's Gesicht gefahren, daß es wie lauter spitze Nadeln und Sandkörner war.

Noch einmal blieb er stehen und schickte, als es vorbei war, einen respektvollen Blick nach der Ecke hin. Hier ging an der Stadtmauer, die schon viele hundert Jahre alt, ganz weißgrau und verwittert und hoch oben mit schwarzem, kahlen Buschgestrüpp bestanden war, eine Gasse zum Bach 'nunter. Sie war ganz schwarz wie Nacht, denn da brannte keine Laterne, unheimlich glomm bloß der dicke, weiße Schnee draus vor.

Es war gerade, als ob da ein lebendiges Wesen um die Ecke 'rumgesaust wäre. Ihm war ganz gruselig zumut. Doch hatte er nicht eigentlich Angst. Er dachte an die Geschichte von Dr. Faust, die er gelesen hatte, und an die von Herzog Ernst von Schwaben, und an anderes so was, und an die Gespenstergeschichten, die Onkel, der unten am Steinweg wohnte, ihm manchmal erzählte. Dann aber hatte er, wie ihm noch das »Schiiiihhh« in den Ohren pfiff, einen ganz sonderbaren Einfall.

Auch von den alten Weihnachtssagen, von den zwölf Nächten hatte er gelesen, und von den alten, deutschen Göttern, von denen der eine Wodan hieß und der wilde Jäger war, der ja jetzt draußen mit seinem Heer über die Berge und den Wald und sicher auch über die Stadt hinsauste. Es gab in der Stadt, auf manchen kleinen, alten Häusern, oben auf der Firstecke, noch solchen kleinen Reiter aus rotem Ton: das war er, auf seinem Schimmel. Und draußen vor der Stadt gab es in der Umgegend noch solchen Berg, der Wedensberg hieß, und das war so viel wie Wodansberg; und in der alten Zeit hatten die Menschen, die damals hier wohnten, ihn dort angebetet und ihm Feuer angebrannt. Und da dachte er daran, daß er ja auch Odhin geheißen hatte, und daß der Gott der alten Ägypter Osiris hieß. Und er fand, daß das fast dasselbe war. Und mit einemmal lachte er und machte vor sich hin »Uh schiiiiiihhh!« und dann »Uh schiiiiihhhris!«, kniff aber doch dabei ein bißchen ängstlich die Augen zusammen.

Doch da fiel ihm auch schon wieder der Weihnachtswunsch und der Herr Kantor Behrisch und die Schule ein, und daß es bald um acht war, und daß um acht die Schule anging, und daß der Herr Kantor, der heute gleich die erste Stunde hatte, einen mit dem Rohrstock haute, wenn man zu spät kam.

Er riß sich aus seinen Gedanken los, gab sich einen Ruck und setzte sich, so geschwind es durch den dicken Schnee gehen mochte, drüben gegen die Straße hin in Trab. Hinten auf dem Rücken klapperte ihm dabei in seinem Schulranzen das Pennal; ein schönes, neues, rund gedrechseltes Pennal mit bunten Blumen drauf, das er zum Geburtstag bekommen hatte.

Die Straße 'nauf gings schneller und bequemer, denn hier hatten sie, weil ein Kaufladen am anderen war, den Schnee vom Bürgersteig auf den Fahrdamm geschippt, wo er hoch wie eine weiße Mauer lag, über die er an manchen Stellen kaum wegsehen konnte.

Es war hier gemütlicher, der Wind konnte hier nicht so sausen wie auf dem Platze. Oben, am anderen Ende, brannte eine Laterne. Aber es war jetzt schon ein bißchen heller. Und auch die Läden waren schon auf und hell. Und es gab in ihnen alles Mögliche zu sehen. Schwarz in all dem Schnee kamen von oben her ein paar Männer die Straße herab. Eine Ladentür schellte, eine Frau kaum 'raus, die was eingekauft hatte. Irgendwo bellte auch ein Hund.

In der Mitte der Straße war ein Buchbinderladen. Hier blieb er, welche Eile er auch hatte, erst noch mal stehen und sah nach, ob nicht ein neuer Neuruppiner Bilderbogen aushing. Schöne, große, bunte Hampelmänner aus Pappe, die man unten mit einer Strippe aufziehen konnte, hingen da und lachten ihn an. Er freute sich über sie und dachte an Weihnachten; denn jedes Jahr in der Adventzeit brachte Vater ihm einen frischen mit; aber jetzt achtete er nicht weiter auf sie. Er sah nur noch nach dem Neuruppiner. Ja, es hing wieder einer aus. Das Märchen von Aschenpuddel. Schon wollte er anfangen, es zu lesen und die Bilder zu besehen, als er wieder an die Schule und den Weihnachtswunsch dachte. Er riß sich los, tat nur noch einen Blick auf den großen Weihnachtsmann, der in seinem braunen Pelz, mit seinem langen, weißen Bart, seinem Sack und seiner Rute mitten im Schaufenster stand, dann rannte er vollends die Straße 'nauf.

Als er aber schon um das Rathaus 'rum auf den Marktplatz einbiegen wollte, gab's wieder was zu sehen. Vor der Toreinfahrt des

Hotels neben dem Rathaus, über der in einem himmelblauen Feld ein schöner, großer, goldener Stern stand, hielt ein Schlitten mit zwei herrlichen Rappen vor, über die eine weitgebauschte Decke mit blauen und weißen Längsstreifen gespannt war, und von denen jeder auf dem Kopfe zwischen den Ohren einen Stutz mit je einem blauen und einem weißen Roßhaarschweif hatte; vorn an ihren Kummetgurten aber waren viele große und kleine Schellen, die, wenn sie sich mal rappelten oder die Köpfe warfen, ein helles Geläut erschallen ließen, das wie eine schöne Musik klang. Hinten auf dem Pritschenbock aber saß ein Kutscher, der in einen dicken, schwarzen Überrock mit einem mächtigen, schwarzen, langrunterhängenden Pelzkragen eingemummelt war, und eine gewaltige, buschige, schwarze Pelzmütze aufhatte. Aus dem Torweg aber kam, die blaue Schürze vor, Friedrich der Hausknecht, der einen Koffer vor sich herschleppte.

Gern wäre er noch stehen geblieben und hätte weitergeguckt, aber er erinnerte sich, daß es gleich acht schlagen und daß er in die Schule mußte. Er lief, während ihm hinten auf dem Rücken der Ranzen klapperte, an der Rathauswand, deren große Steine vom Alter ganz schwarz waren, vorbei und vorn um die Ecke 'rum auf den Marktplatz 'naus.

Aber wie er vor dem Rathausturm war, auf dem oben der Türmer wohnte, und von dem in acht Tagen am heiligen Abend der Weihnachtschoral herabgeblasen wurde, gab's schon wieder was zu sehen. Er blieb stehen, und vor Freude pochte ihm das Herz. Gleich neben dem Toreingang mit dem Wappen drüber stand, dunkelgrün im weißen Schnee, ein mächtiger Haufen herrlicher Weihnachtsbäume.

Schon wollte er sich vergessen und in ihren Anblick versunken stehen bleiben, als er hörte, wie hinterm Rathaus vorm Hotel der Kutscher »Hüh!« rief und mit der Peitsche knallte, und wie auf einmal sich ein mächtiges Schellengeläut erhobt. Als er jetzt aber zum Marktplatz 'nübersah, kamen von allen Seiten her, oben die Marktstraße 'runter, aus den Nebengassen und hinterm Rathaus vor, überall, in dem vielen, weißen Schnee und in der kalten, grauen Morgendämmerung wie kleine, schwarze Puppen, Jungens und Mädchens gelaufen, die zur Schule wollten.

Da kriegte er's wieder mit der Angst und lief, so schnell er konnte, mitten durch den dicken Schnee quer über den Platz weg auf das Haus des Apothekers zu, bei dem die schmale, kleine Gasse zum Kirchplatz und zur Schule hinführte.

Gleich darauf bog er um die andere Ecke der Gasse, welche die Schulecke war, auf den Kirchplatz ein. Rings standen, lange Eiszapfen von den dickverschneiten Dächern 'runter, in all dem vielen, weißen Schnee die bunten Häuser. Auf den Linden um's Kriegerdenkmal herum lag dick der Schnee, nur die Stämme waren schwarz. Hinten aber, die ganze eine Seite des Platzes hin, stand lang, dunkel, still die Kirche mit ihren, dicken, viereckigen Turm und sah zwischen den Linden durch.

Aber darum bekümmerte er sich jetzt nicht weiter. Er stak mitten in einem Haufen von Jungens, die an dem großen, alten Schulhaus hin auf die Pforte zu- und 'reinrannten.

Das Schulhaus war lang und zwei Stock hoch, hatte eine alte, gelbe Tünche und stammte noch aus dem Mittelalter. Über dem breiten Eingang war ein breites, altes Wappen mit solchen Girlanden, Figuren aus Stein und einem langen Spruch aus ganz alten, verwaschenen Buchstaben, die einer gar nicht lesen konnte.

Alle Kinder freuten sich, weil es Weihnachtsferien gab und sie bloß heute noch zur Schule brauchten. Wie ein Bienenschwarm strömten sie in den Flur 'nein. Es war gerade Zeit, denn eben schlug es vom Kirchturm her acht.

Der Flur war weißgetüncht. An der Wand hing, weil es noch zu dunkel war, eine brennende Petroleumlampe. Auch oben auf dem Treppenflur war eine. Walter rannte mit den anderen die alte, braune Treppe 'nauf. Dann trennte er sich von den übrigen und lief mit noch ein paar anderen, von denen der eine Fritzschens Julius, der andere Eberts Karl, der dritte Engels Otto war, den Flurgang 'nunter bis zu einer braungestrichenen Tür, durch die sie in die Klasse eintraten.

Auch hier brannten noch die beiden Petroleumlampen.

Die ganze Klasse schallte nur so, solcher Lärm war. Denn sie waren sechzig Jungens in der Klasse, und alle freuten sich, weil es Ferien gab. Aber es war schön warm. Der große Eisenofen vorn bei der Tür war glührot. Die Wände waren grüngestrichen. Der Tür gegenüber am anderen Ende des Zimmers, stand das hohe, gelbbraune Katheder. Links daneben war auf ihrem Gestell die große, schwarze Tafel. Rechts aber hing an der Wand eine mächtige Landkarte. Und an der Wand rechts waren ein paar Bilder. In der Wand gegenüber waren die drei Fenster, die auf den Kirchplatz 'naussahen. In der Mitte der Klasse aber war ein Gang, und auf beiden Seiten standen die Bankreihen; rechts die Bänke für die »Neuen«, links, bei den Fenstern, die für die »Alten«. Die Bänke waren sehr lang. Auf jeder saßen sechs Jungens. Sie hatten alte, schwarze Platten, und vorn, in der Kante, waren die Tintenfässer. Unter jeder Platte war ein Fach, in das man seine Bücher oder seinen Schulranzen legen konnte. Viele von den Jungens standen an den Wanden oder vorn bei der Tür um den Ofen 'rum. Viele saßen auch auf den Bankplatten, und manche kletterten über die Bänke weg. Sie balgten und neckten sich, erzählten sich was, zankten sich, schrien und lachten.

Aber darauf achtete Walter nicht. Er zwängte sich durch den Mittelgang nach der ersten Bank hin, wo er, dicht beim Fenster, als der sechste in der Klasse saß. Schnell nahm er seinen Ranzen ab und schob ihn in das Fach unter der Bank. Dann zog er seinen Überrock aus, nahm seinen Wollschal und seine Kappe ab, hängte schnell alles an einen von den Haken, die zwischen den Fenstern waren und setzte sich auf seinen Platz.

Hier vorn war es stiller. Auf den ersten Bänken waren die Jungens artiger und machten nicht so viel Lärm, sondern saßen auf ihren Plätzen, lasen in ihren Büchern oder erzählten sich was.

»Ei, Erich, heute gibts die Weihnachtswünsche!« rief Walter, als er fertig war, seinem Nachbarn, Schmidts Erich, zu und lachte.

»Hohohoho!« ... Was ist denn mit dem alten Wisch? Das is nur, weil der Kantor sich Geld machen will«, rief da aber sein Hintermann von der zweiten Bank, der Mehlis August hieß und ein kleiner, dicker, schwarzhaariger Kerl mit einem runden, roten Gesicht und krillen, spöttischen Augen war.

Ganz betroffen starrte Walter ihn an. Auch Schmidts Erich sah ihn an. Aber er blinzelte bloß so ein bißchen und sagte weiter nichts;

denn er rechnete Mehlis August nicht recht für voll, weil der bloß auf der zweiten Bank saß.

Aber schon rief Zahns Robert, der auf der anderen Seite von Schmidts Erich saß, um Erich 'rum:

»Du, Walter! kommst du nachmittag nach'm Gickelhahn, Schlitten fahren?«

»Heute? ... Ich weiß noch nicht ... Nein«, antwortete Walter.

Er hatte erst ja sagen wollen, aber der Weihnachtswunsch war ihm wieder eingefallen, den er Nachmittag zu Hause lesen wollte. Und dann hatte Vater ihm ein neues Buch mitgebracht, Erzählungen aus der griechischen und römischen Geschichte mit Bildern, die er besehen und lesen wollte.

Aber da rief Mehlis August zu Scharfs Hugo, der zwei Bänke hinter ihm saß, hin:

»Ohohoho! Scharfs Hugo gibt 'ne Mark, hat er gesagt! ... Ohohoho! Dicketuer! Dicketuer! ... Ohohoho!«

Scharfs Hugo, der ein langer, schmaler Junge mit einem blonden Krauslockenkopf war, eine schöne, blaue Jacke hatte und einen weißen Klappkragen mit einem bunten Schlips drunter, weil sein Vater Goldschmied und reich war, wurde böse, kam aus seiner Bank vor und wollte Mehlis August hauen, der tat, als ob er sich fürchtete und ausriß, dabei aber lachte und sich freute, weil er ihn geärgert hatte.

Und da gings auch schon auf der dritten Bank los. Försters Richard zankte sich mit Wallendorfs Paul, der nur so'n armer Junge war, sagte, daß er nichts zu Weihnachten bekäme, und was dagegen er alles kriegen würde. Und jetzt ging auch dort die Balgerei los.

Walter war still geworden. Er stand auf und trat an's Fenster. Draußen auf dem Kirchplatz fing's schon an heller zu werden. Auch in der Klasse brannten die Lampen jetzt schwächer. Er dachte wieder an seinen schönen Weihnachtswunsch, an den Christbaum, an die Geschenke, die er von Vater, Mutter, Großmutter und Onkel kriegen würde. Und dann kam er so auf allerlei Gedanken, und darüber vergaß er sich so, daß er an die Klasse und die Jungens gar nicht mehr dachte.

Aber da wurde es hinten auf den Bänken bei der Tür mit einemmal still, es wurde »Pst!« gerufen, die Jungens stiegen geschwind von den Bänken 'runter, rannten auf ihre Plätze, setzten sich, und nun war es in der Klasse ganz still.

Gleich darauf öffnete sich die Tür und Herr Kantor Behrisch trat herein.

Auch Walter hatte sich auf seinen Platz gesetzt, sah sich aber verstohlen nach dem Herrn Kantor um, der jetzt durch den Mittelgang auf das Katheder zugeschritten kam.

Ja, unterm Arm hatte er unter seinen Büchern ein großes, viereckiges, in blaues Papier eingeschlagenes Paket. Das waren die Weihnachtswünsche. Das Herz schlug ihm.

Alle Jungens saßen jetzt mäuschenstill und sahen vor sich hin auf die Bankplatten.

Der Herr Kantor war schon über fünfzig Jahr alt und ein großer Mann mit breiten Schultern und einem hochgewölbten Brustkasten. Er hatte einen langen, kaffeebraunen Schoßrock an und mausgraue Beinkleider. Um den Hals trug er eine schwarze Halsbinde, aus der oben weiße »Vatermörder« 'raussahen. Seine Haare waren noch ganz schwarz, pechrabenschwarz und ganz dicht, glatt und straff. Sie waren auf der Seite gescheitelt und vorn zu einem Stutz in die Höhe gekämmt, hinten aber gingen sie straff bis zur Halsbinde 'runter und standen da etwas ab. Er hatte ein braunes Gesicht und unter dicken, schwarzen Brauen ein paar scharfe, schwarze Mannesaugen und eine lange, gerade Nase, und sein Kinn war breit und stand vor. Einen Schnurrbart hatte er nicht, der Mund war ganz frei: aber einen schwarzen Backenbart hatte er, der ihm auch noch rund unterm Kinn wegging. Von den Augen gingen ihm viele solche Krähenfüßchen in die Schläfe 'nein, daß man nie recht sehen konnte, ob er gute oder schlechte Laune hatte.

Jedenfalls: keiner von den Jungens wagte zu mucksen, und die meisten, besonders auf den hinteren Bänken, hielten den Kopf tief auf die Bankplatte gesenkt.

In gerader, strammer Haltung, wie ein Turner, die Füße nach auswärts setzend, schritt der Herr Kantor, während seine Augen über die Klasse hin gingen, den Mittelgang hin auf das Katheder zu, zu dem er 'naufstieg. Und nun stand er oben über der Klasse.

Er warf erst nach rechts und nach links einen Blick, dann legte er das blaue Paket und die Bücher neben sich auf das Katheder, stand noch ein Weilchen still da, und dann sagte er mit seiner kräftigen Stimme, die aber immer klang, als ob er ein bißchen heiser wäre:

»Wir singen die erste Strophe von ›Macht hoch die Tür', die Tor' macht weit‹!«

Und dann fing er selber an zu singen und alle sangen laut mit:

> »Macht hoch die Tür', die Tor' macht weit!
> Es kommt der Herr der Herrlichkeit!
> Ein König aller Königreich',
> Ein Heiland aller Welt zugleich,
> Der Heil und Segen mir sich bringt,
> Deshalben jauchzt, mit Freuden singt:
> Der Herr ist unser Gott,
> Der Schöpfer reich von Tat!«

Dann aber, nachdem es ein Weilchen still geblieben war, senkte der Herr Kantor den Kopf, sah auf seine Hände nieder, die er vor sich hin auf dem Katheder gefaltet hatte, und sprach mit leiser und doch deutlicher, andächtiger Stimme ein Gebet. Und alle Jungens hatten auf den Bankplatten die Hände gefaltet und die Köpfe drauf niedergebeugt.

Als der Herr Kantor zu Ende gebetet hatte, richtete er den Kopf wieder in die Höhe und sah über die Klasse hin. Er setzte sich aber nicht auf den Stuhl, der hinten auf dem Katheder stand, wie die meisten anderen Lehrer taten, sondern die ganze Stunde über stand er aufrecht da.

Als es wieder eine Weile mäuschenstill gewesen war, tat er erst einen Blick zu den beiden Lampen hin und dann nach den Fenstern. Darauf sagte er:

»Wozu brennt denn das Licht noch! ... Wir haben Rechenstunde, da brauchen wir kein Licht ... Bornmüller, Wagner! Aufstehen! Das Licht ausmachen!«

Bornmüllers Fritze und Wagners Anton saßen der eine in der Nähe der einen, der andere in der der anderen Lampe, und beide waren schon große Jungens, die zu den Lampen hinaufreichen konnten. Sie stiegen auf die Bankplatte und drehten die Lampen aus, und dann war es mit einemmal dämmerig in der Klasse; aber so, daß man doch sehen konnte, und der Herr Kantor Behrisch hatte scharfe Augen, die auch im Dunkeln alles sehen.

Dann begann die Stunde.

Zuerst ging alles gut. Der Herr Kantor gab Kopfrechenexempel auf.

Erst gab er Zahns Robert eins auf. Als der und dann auch Schmidts Erich es aber nicht schnell genug ausrechnen konnten, kam Walter, der es gleich ausrechnete zwei 'rauf und war nun vierter in der Klasse. Hernach kamen auch noch andere an die Reihe, und das ging eine ganze Weile.

Dann aber fing der Herr Kantor an, das große Einmaleins abzufragen. Und als der erste kam Scharfs Hugo an die Reihe, der auf der vierten Bank letzter saß.

Er mußte die Dreizehn aufsagen. Zuerst ging es auch, aber mit einemmal konnte er nicht weiter und blieb stecken.

Walter erschrak, denn im Einmaleins war der Herr Kantor sehr streng, und wer's nicht konnte, kriegte Haue.

Und, richtig! Scharfs Hugo – Scharfs Hugo, der eine Mark für den Weihnachtswunsch zahlte! – mußte aufstehen und sich bei der Tür an den Ofen stellen. Der Herr Kantor fragte nämlich erst noch anderen das große Einmaleins ab. Wenn dann aber noch welche waren, die's nicht konnten, so mußten sie sich einer nach dem anderen erst mal vorn bei der Tür neben den Ofen stellen. Und gerade heute war's schrecklich. Ganze zwölf konnten es nicht und mußten hinter an den Ofen, so daß dort schließlich ein ganzer Haufen stand.

Der Herr Kantor hörte jetzt auf abzufragen und sah zu den Zwölfen 'nüber. Auch Walter sah sich halb nach ihnen um. Sie waren alle ganz blaß und starrten mit großen Augen zu dem Herrn Kantor hin, ein paar aber weinten dabei.

Der Herr Kantor aber lachte und rief ihnen zu:

»Aha, ihr Brüder! ... Ihr habt euch das heute wohl so schön gedacht, habt gedacht, ihr braucht, weil's Ferien gibt, nichts mehr zu
lernen! ... Na, da will ich euch mal wieder eines Besseren belehren!
Ich will euch mal beibringen, daß ein richtiger Kerl unter allen Um-
ständen seine Pflicht tun soll. Versteht ihr? Seine Pflicht!«

Jetzt weinten noch mehr, und schon ganz laut. Manche bogen
sich zusammen und faßten mit beiden Händen nach dem Hosenbo-
den. Fritzschens dicker Julius aber, der auch mit dabei war, heulte
am lautesten und trippelte vor Angst auf den Beinen umher, als
hätte er Stecknadeln unter den bloßen Füßen.

Der Herr Kantor aber bückte sich, zog unterm Katheder den
Rohrstock vor und ging mit ihm durch den Mittelgang auf die
Zwölfe zu.

Als er hinten bei ihnen angelangt war, mußten die Jungens, die
auf den beiden letzten Bänken saßen, alle aufstehen und so lange
aus den Bänken heraustreten, der Herr Kantor aber gab mit der
Hand einen Wink nach den Bänken hin und rief den Zwölfen zu:
»Vorwärts!«, worauf sie zu den Bänken hingingen und sich, einer
neben den anderen, mit dem Bauch auf die Bankplatten legten.

Und nun ging der Herr Kantor erst zu dem hin, der am nächsten
beim Fenster lag und haute ihm mit dem Rohrstock dreimal kräftig,
daß es nur so pfiff, über den Hintern. Dann kam sein Nachbar an
die Reihe, und so ging's der Reihe nach allen Zwölfen.

Ein paar waren dabei, die still blieben, die Zähne zusammenbis-
sen und nur bei jedem Hieb so ein bißchen mit dem Kopf zuckten:
die meisten aber heulten aus Leibeskräften, so daß Walter, obgleich
er schon daran gewöhnt war, angst und bange wurde.

Als die Zwölfe ihre Haue weghatten und wieder auf ihren Plätzen waren und auch der Herr Kantor wieder nach vorn zum Katheder hingegangen war, ging der Unterricht weiter. Aber alle Jungens
waren froh; denn nun war das Schlimmste vorbei, weil keine Auf-
gaben mehr abgefragt wurden.

Walter aber hatte so allerlei Gedanken. Zuerst hatte er ja gedacht,
daß der Herr Kantor Scharfs Hugo nicht hauen würde, weil er doch
eine Mark für den Weihnachtswunsch gab; aber er hatte so gut wie
die anderen, die hinten saßen, und von denen manche gar keinen

Weihnachtswunsch nahmen, die anderen aber nicht mehr als fünfundzwanzig Pfennige dafür gaben, weil er das Einmaleins nicht
konnte, seine Haue abbekommen. Und so schämte er sich, daß er zu
Hause von dem Herrn Kantor so was gedacht hatte. Auch daß der
Herr Kantor vorhin gesagt hatte, jeder müßte seine Pflicht tun, auch
wenn's Ferien gäbe, machte Eindruck auf ihn. Er dachte auch daran,
daß der Herr Kantor sich jedes Jahr in der Weihnachtszeit mit den
Weihnachtswünschen einen Nebenverdienst machte, weil sein Ge-
halt nur knapp war, und daß er den Weihnachtswunsch drucken
ließ und auch selber die Verse dazu machte. Und auch daran dachte
er, daß er, besonders wenn einer das Einmaleins nicht konnte, einen
verhaute. Aber die anderen Lehrer hauten einen ja auch, das war
nun mal so und war immer so gewesen. Manchmal hatte der Herr
Kantor doch aber auch gute Laune und machte sogar sein Späßchen, so daß die Jungens lachten und ihr Vergnügen daran hatten.
Und auch daran dachte er, daß die Jungens ihm keinen Spitznamen
angehängt hatten, daß sie bei ihm auch nie dumme Streiche machten, sondern Respekt vor ihm hatten und ordentlich ihre Schularbei-
ten machten; bis auf die, die zu dumm oder zu faul dazu waren und
dann Prügel abkriegten. Der Herr Kantor wohnte unten am Gickelhahn, unterm Schloß, beim Bach, in einem einstöckigen, gelben
Hause mit einem großen Garten dahinter neben der Schloßmühle
zur Miete. Walter war mal dort gewesen und hatte was hinzubrin-
gen gehabt; und da war der Herr Kantor sehr nett zu ihm gewesen,
obgleich auch er schon von ihm Haue abgekriegt hatte, aber bloß
ein einziges Mal.

Vor allem dachte er aber an den Weihnachtswunsch und schickte
immer wieder einen Blick zu dem viereckigen, blauen Paket hin,
das links neben dem Herrn Kantor auf dem Katheder lag, und
konnte kaum erwarten, bis die Stunde zu Ende war.

Endlich läutete draußen der Kalefaktor die Schulglocke. Walter
wandte den Blick von dem blauen Paket gespannt auf den Herrn
Kantor. Der klappte oben sein Buch zu, schickte einen Blick über die
Klasse und lächelte so ein bißchen. Dann aber zog er das Paket unter den Büchern vor, machte den Umschlag ab, kam vom Katheder
'runter und fing an, die Weihnachtswünsche zu verteilen.

Die erste Bank bekam ihre zuerst; und bald hatte Walter seinen, nachdem er dem Herrn Kantor Mutters fünfzig Pfennige gegeben, in der Hand.

Mit strahlenden Augen betrachtete er ihn. Vorn auf der ersten Seite war links ein Tisch mit einem herrlichen, mit Äpfeln, Nüssen, Backwerk, Zuckerkringeln, Papierketten und -Netzen behangenen, lichterstrahlenden Weihnachtsbaum drauf, der oben einen schönen, goldenen Stern hatte. Auf dem Tisch aber standen und lagen Geschenke, und um ihn herum waren Kinder, die zu dem Baum, den Geschenken und zu einem strahlenden, großen Engel mit mächtigen Flügeln 'naufsahen, der oben neben dem Baum schwebte. Alles aber, der Baum, der Tisch, die Geschenke, die Kinder, der Engel, war aus Gold, aus lauter Gold. Und auch die Buchstaben mit den schöngeschwungenen Arabesken um die großen Anfangsbuchstaben, die rechts neben dem Baum und dem Engel standen, waren aus Gold. Als Walter den Weihnachtswunsch aber aufschlug, waren inwendig zwei Blätter, auf denen stand in fünf Strophen ein neues, schönes Weihnachtsgedicht. Und auch das Gedicht war mit goldenen Buchstaben gedruckt.

Ach, war es schön! Es schimmerte und strahlte nur so! ...

In der Zwischenpause konnte er den Weihnachtswunsch dann aber nicht mehr besehen und auch das Gedicht nicht lesen, weil die Jungens zu viel Lärm machten. Deshalb schob er ihn behutsam zwischen seine Bücher in den Ranzen hinein.

Endlich hatte aber der Kalefaktor draußen zum letztenmal geläutet. Die Schule war aus, und nun hatten sie Ferien, Weihnachtsferien ... Alle zogen, wer einen hatte, den Überrock an, schlangen den Schal um den Hals, setzten ihre Mützen oder Kappen auf, nahmen schnell ihre Bücher und Ranzen und drängten sich, so eilig sie konnten, 'naus auf den Flur, die Treppen 'runter und ins Freie. Der ganze Kirchplatz schallte. Manche von den Jungens blieben noch und machten eine Schneeballschlacht. Fritzschens Julius, Mehlis August und ein paar andere wollten sich über Walter hermachen und ihn mit Schnee einreiben, aber er machte sich von ihnen los und lief, um so schnell wie möglich mit seinem Weihnachtswunsch nach Haus zu kommen, um die Schulecke 'rum in die Gasse nach dem Markt 'nein. Sie warfen noch ein paar Schneebälle hinter ihm her, die aber nicht trafen.

Als er nach Hause kam, war Vater schon da und der Tisch gedeckt, denn es war schon zwölf durch. Vater hatte sich seine Pfeife angesteckt, saß in der Sofaecke und las das Kreisblatt. Walter ging zu ihm hin, gab ihm die Hand und sagte: »Guten Tag, Vater!« Vater, der in sein Kreisblatt vertieft war, blickte auf und starrte ihn an, nickte zerstreut, gab ihm die Hand und las weiter. Walter aber ging schnell in seine Ecke beim Schrank, zog dort seinen Ranzen ab und den Überrock aus, wickelte so eilig er konnte, den Schal vom Hals, hing und legte alles auf seinen Platz. Dann aber setzte er sich hin, nahm den Ranzen auf die Knie, schnallte ihn auf und zog den Weihnachtswunsch heraus. Er schickte dabei einen verstohlenen Blick zu Vater hin; denn sicher hätte Vater nicht gelitten, daß er jetzt, vor Tisch, noch läse. Aber Vater rauchte seine Pfeife und las noch immer im Kreisblatt. Die kleine Ida saß neben dem Sofa und spielte mit ihrer Puppe; der kleine Kurt aber schlief in seinem Bettchen.

Halb gegen die Wand gewandt, hielt Walter den Weihnachtswunsch vor sich hin und fing an, des Herrn Kantors Weihnachtsgedicht zu lesen. Aber schon trat Mutter, die große Schüssel mit dem Essen vor sich hertragend – sie hatte die Tür von draußen mühsam mit dem Ellbogen geöffnet – herein. Der Duft zog sich durch die Stube bis zu Walter hin. Es gab Reis in Fleischbrühe mit Semmelklößchen und allerlei Gemüse drin und dazu Rindfleisch. Das roch angenehm, und Walter hatte Hunger: aber er sah sich nicht mal nach Mutter um, die die Schüssel jetzt mitten auf den Tisch stellte, dabei »Eh!« rief und eilig die Hände zurückzog, weil die Schüssel noch heiß war.

»Na, Vater?« rief sie dann.

Aber Vater, der erst noch was im Kreisblatt zu Ende lesen wollte, runzelte bloß aufmerksam, um seinen Zusammenhang nicht zu verlieren, die Brauen, nickte kurz mit dem Kopf und brummelte vor sich hin. Es mußte ihn wohl sehr interessieren, was er las, denn die Pfeife war ihm aus dem Mund und auf's Sofa 'runtergerutscht.

Mutter, die jetzt Vater und sich ein Glas vor den Teller rückte, aus dem sie zum Essen Braunbier tranken, das Mutter aus der Brauerei bekam und selber auf Flaschen füllte, schickte einen Blick zu Walter hin und rief:

»Na, Walter, komm! ... Idelchen!«

»Ja«, sagte er, blieb aber, so halb gegen die Wand in die Schrankecke 'nein gewandt, noch sitzen, denn er wollte erst noch das Gedicht zu Ende lesen.

Vater hatte inzwischen das Kreisblatt beiseit getan, sich erst mal gereckt und dann vor seinen Teller gesetzt. Auch die kleine Ida war zum Tisch gekommen und auf ihren Stuhl 'naufgeklettert. Jetzt hatte sich auch Mutter hingesetzt und angefangen, das Rindfleisch in Stücke zu schneiden, und Vater füllte sich aus der Schüssel schon seinen Teller.

»Na, Walter, wird's nun?« rief Mutter streng. »Wenn du bloß immer schmökern kannst!«

Walter fuhr zusammen. Er war ganz vertieft gewesen. Er klappte den Weihnachtswunsch zu, legte ihn, weil er ihn gleich nachher wieder besehen wollte, auf den Stuhl, kam zum Tisch hin und setzte sich auf seinen Platz. Mutter füllte seinen und den Teller der kleinen Ida, dann auch ihren eigenen, und verteilte das Rindfleisch.

»Walter, bete!« sagte Vater, der schon die Hände gefaltet hatte. Alle, auch die kleine Ida, falteten die Hände, Walter betete das Vaterunser, dann aßen sie.

Mutter erzählte Vater, was den Tag über in der Wirtschaft und was sonst Neues sich zugetragen hatte. Vater hörte ihr, während er aß, zu und warf hin und wieder ein Wort dazwischen. Walter aber sah, während er aß, unverwandt nach dem Weihnachtswunsch 'nüber; der goldene Weihnachtsbaum und der Engel schimmerten bis hier herüber.

»Nu', Freund?« sagte Vater, der das merkte. »Paß mal ein bißchen auf, wie du ißt... Wenn gegessen wird, wird gegessen. Alles was einer macht, muß er ordentlich machen. Und wie einer ißt, arbeitet er.«

Walter fuhr aus seiner Zerstreutheit auf, sah erst auf Vater, dann auf seinen Teller, und aß nun ordentlich weiter.

»Und wie steht's in der Schule?« fragte Vater.

»Gut!« gab Walter Bescheid. »Ich bin im Rechnen zwei 'raufgekommen, ich sitze jetzt Vierter.«

»So!... Na!... Erster mußt du werden und dann deinen Platz behaupten«, sagte Vater. »Hast du schon in dem Buch gelesen, das ich dir neulich mitgebracht habe?«

Vater war kürzlich in der Stadt auf einer Auktion gewesen, wo er 'was gekauft hatte. Es waren auch Bücher zu kaufen gewesen. Und da sie so billig zu haben gewesen waren und Vater selber, wenn er aus seinem Bureau zu Hause war, gern las und auch Walter gern las, hatte er welche mitgebracht Besonders zwei hatten Walter gefallen: Das eine war das Geschichtbuch mit den Bildern, das andere war eins über Himmelskunde. Das hatte auf dem Umschlag ein Bild. Es war ein schöner, dunkelblauer Himmel mit der Sonne, dem Mond und Sternen drauf. Einer von den Sternen hatte solch' einen sonderbaren Ring um sich rum und hieß Saturn. Und auch ein Komet mit einem langen Schweif war dabei. Einen Kometen hatte Walter schon ein Jahr vor dem Krieg von Siebzig gesehen. Und dann war noch rechts unten ein Mann, der durch ein großes Rohr nach dem Himmel sah. In dem Buche aber waren viele Bilder von der Sonne, dem Mond, den großen Planetensternen, auch solche Sternbilder und große Sternennebel. Und das Buch war so geschrieben, daß Walter schon manches draus verstehen konnte.

»Ja«, antwortete er auf Vaters Frage.

»Na, und liest du gern über die Sterne?«

»Ja.«

Walter sah Vater an und nickte eifrig.

»Na, sag 'mal was, laß mal hören!«

»Der Mond hat solche großen, runden Krater.«

»Krater, ja.«

»Und dann steht so'n lateinischer Spruch drin; es steht aber auch dahinter, was es auf Deutsch heißt.«

»Na, was heißt's?«

»Der Mond lügt. Wenn er D zeigt und sagt, ich nehme ab, dann nimmt er zu; und wenn er C zeigt und sagt, ich nehme zu, dann nimmt er ab.«

»Na, sieh mal, das macht der Mond!... So'n Kerl! Und dabei sieht er so sanft aus«, lachte Vater.

Auch Walter lachte. Aber bloß ein bißchen, weil er nicht recht bei der Sache war und an den Weihnachtswunsch dachte. Aber er dachte jetzt auch an die Bilder in der Himmelskunde, und wie schön sich alle die großen und kleinen goldenen Sterne auf dem dunkelblauen Himmelsgrunde ausnahmen. Und auch der Weihnachtswunsch war golden. Und ob es wohl solchen goldenen Engel auf den goldenen Sternen gäbe; und ob sie von dort, etwa zu Weihnachten, hier 'runter auf die Erde fliegen konnten? Denn aus lauter goldenem Licht mußten sie ja sein ...

Endlich hatten sie gegessen und Mutter räumte ab. Als sie zwischen dem Abräumen aber wieder hereinkam, brachte sie zwei Äpfel mit, die sie in die Ofenröhre legte. Einer sollte für Walter und einer für die kleine Ida sein. Vater aber blieb auf dem Sofa sitzen und steckte wieder seine Pfeife an. Walter war inzwischen wieder zur Schrankecke hingegangen, um sich wieder den Weihnachtswunsch zu besehen. Doch das Gespräch, das Vater bei Tisch mit ihm gehabt, hatte ihn zutraulich gemacht, und so brachte er Vater, der jetzt wieder rauchte und sich auf dem Sofa langgestreckt hatte, den Weihnachtswunsch hin und zeigte ihn ihm.

Vater sagte:

»So! Dein Weihnachtswunsch! ... Na, gib mal!«

Und dann betrachtete er den Weihnachtswunsch und las das Gedicht. Walter war wieder zur Schrankecke gegangen.

Als er aber nach einer Weile noch mal zu Vater hinsah, war Vater eingeschlafen, den Weihnachtswunsch hatte er auf den Tisch gelegt. Mutter war wieder draußen in der Küche. Die kleine Ida war mit ihr 'nausgegangen und hatte ihre Puppe mitgenommen, damit sie, wenn sie mal Lärm machte, Vater nicht störte.

Leise, um Vater nicht zu wecken, schlich Walter zum Tisch hin, von wo er vorsichtig den Weihnachtswunsch wieder fortnahm. Dann ging er wieder zur Schrankecke zurück.

Nun war es ganz still in der warmen Stube. Nur die Kuckucksuhr tackte, Vater schnarchte leise, vom Ofen her fingen die beiden Äpfel an zu zischen. Sie dufteten bis zu Walter herüber. Zu den beiden, kleinen, tiefnischigen Fenstern zwischen den weißen Gardinen herein dämmerte von draußen das weiße Licht von all dem vielen Schnee.

Walter besah nur immer seinen Weihnachtswunsch. Zuerst dachte er dabei an das Weihnachtsevangelium: »Freut euch mit mir! Denn euch ist heute der Heiland geboren, welcher ist Christus, der Herr in der Stadt Davids!« und »Ehre sei Gott in der Höhe, Friede auf Erden, und den Menschen ein Wohlgefallen!« Und dann dachte er an den Weihnachtsbaum, den Mutter auf dem Markt gekauft hatte, und der draußen auf dem Flur stand. Und er dachte, wie schön groß, grün und buschig er war und wie herrlich er duftete. Und dann dachte er an die schönen, rotbäckigen Äpfel, an die vergoldeten Nüsse und die Zuckerkringel, die darankamen, und an die silbernen und goldenen Netze mit Hasel- und Pfeffernüssen und Bonbons drin, und an die bunten Papierketten, mit denen er behängt wurde, und an den großen goldenen Stern oben auf der Spitze. Und an die brennenden Lichter dachte er, und an die Geschenke drunter, wie schön die Spielsachen nach Lack rochen, und wie die Puppe und der Hampelmann in ihren bunten Kleidern und Zacken aus dem Tannengrün vorlugten. Und an den Pfefferkuchen dachte er, an die schön gezuckerten Weihnachtsstollen und den Gänsebraten, den es zu Mittag gab.

Dann aber wußte er nichts mehr von sich. Er hielt nur den Weihnachtswunsch ein Stück von sich ab und sah von der Seite bloß immer auf die goldenen Buchstaben. Und dann hielt er ihn sich dicht vor die Augen, kniff sie zusammen und sah immer draufnieder. Und nun wußte er gar nicht mehr, wo er war. Es war gerade, als sähe er durch das weiße Blatt irgendwohin, wo lauter, lauter Gold war; ein so schönes, feines Goldlicht, das weit, weit, ganz weit her durch das Papier irgendwoher durchkam; weit, weit hinter den Sternen her, dachte er.

Ja, und das viel, viel schöner war als selbst der schönste, hellste Sonnenschein. Und das Zischen der Bratäpfel in der Ofenröhre war ein feiner, feiner, ganz ferner Gesang geworden. Und er fühlte in sich etwas, und sah etwas, was er noch nicht sagen konnte ...

Das Feuerwerk

Das Feuerwerk

Draußen vor der Stadt lag am Fuß des Vordorfes und der Berge, da, wo es ins Mönchstal hineinging, der Schützengarten, in welchem eine Woche lang Mannschießen gewesen war. Jeden Tag waren die Schützen, mit Musik voran, in ihren grünen Uniformen, den Hirschfänger an der Seite, das Gewehr über und den steifen Tschako mit dem Busch aus schwarzgrünschillernden Hahnenfedern drauf, aus der Stadt da hinausgezogen. Am ersten Tage aber waren dem Zug ein auf einem breiten Brett mit schönen bunten Farben aufgemalter Mann, der mitten auf der Brust eine Zielscheibe aus schwarz und weißen Ringen hatte, und außerdem ein kreisrundes Brett mit einem bunten Reiter drauf, der gleichfalls eine Zielscheibe hatte, voraufgetragen worden; nach denen wurde geschossen, und deshalb wurde das Fest das Mannschießen genannt.

Heute aber war der letzte Tag des Mannschießens, und zum Abschluß wurde am Abend, wenn es dunkel geworden war, das Feuerwerk abgebrannt. Es war immer so gehalten worden, daß, wenn nicht Vater, so Onkel mit Walter an diesem Abend, um das Feuerwerk mit anzusehen, nach den Bergen 'nausgewandert war.

Vater, der heut' Abend von Bekannten selber zum Schützengarten 'naus eingeladen war, war schon draußen. Aber Onkel hatte gesagt, daß er mit Walter 'nausgehen werde. Mutter konnte der kleinen Ida und Kurtchens wegen nicht mitkommen.

Aus mehr als einem Grunde freute Walter, der Onkel sehr gern mochte, sich sehr darauf. Und in seiner Ungeduld wich er nicht vom Fenster und lugte, ob Onkel noch nicht bald aus der Straße drüben vor- und über den Platz daherkäme.

Es war schon dämmerig, und die Abendsonne färbte die Häuser drüben auf der anderen Seite des Platzes ganz rot, als er ihn endlich um die Ecke auf den Platz einbiegen und auf das Haus zu daherkommen sah.

Onkel war Vaters Bruder und ein kleiner Mann mit einem blonden Schnurr- und einem kurzgestutzten, blonden Backenbart. Er hatte noch keine Frau und wohnte unten auf dem Steinweg mit Großmutter zusammen. Er hatte einen mausgrauen Schoßrock an, der immer offen stand, so daß man die weit ausgeschnittene, mausgraue Weste mit dem starren, spiegelblank weißen Hemdausschnitt, dem weißen Klappkragen und dem braunen Schlips und der goldenen Uhrkette sah; und mausgraue Beinkleider hatte er an, und einen hellgelben Strohhut mit einer breiten, weichen Krempe und einem schwarzen Band drum herum auf. Er trug eine Brille, und in der Hand hatte er einen Spazierstock aus rotbraunem spanischen Rohr mit einer geraden Elfenbeinkrücke oben. Er setzte die Füße beim Gehen auswärts, wobei dann die langen, abstehenden Rockschöße nach dem Takt seiner Schritte hin- und herpendelten.

Walter sah ihm zu, wie er über das alte, holprige Pflaster, zwischen dem Grasbüschelchen hervorwuchsen, quer über den Platz auf die Haustür zu daherkam. Mit der rechten Hand stapfte er mit solchen kurzen, ehrenfesten Stößen, die zugleich nicht ohne Zierlichkeit waren, den Stock auf, in der linken aber hielt er einen großen, vollen, blaßrosafarbenen Papiersack gegen die Brust gedrückt.

Walter wußte gleich, daß er wieder was mitbrachte. Er war so gut. Immer, wenn er kam, brachte er was mit. Er lief vom Fenster weg durch das schon dämmerige Zimmer, rief Mutter, die hinter ihren Blumenstöcken am anderen Fenster saß und nähte, während die kleine Ida ihr zu Füßen auf dem Fenstertritt hockte und spielte, zu: »Onkel kommt!«, öffnete eilig die Tür, lief auf den Treppenflur 'naus, bog sich oben über's Geländer, lugte in den Hausflur 'nunter und wartete.

Endlich tat sich die Tür auf, die Klingel schellte, und Onkel trat herein.

Walter sah ihm zu, wie er gewissenhaft die Haustür hinter sich mit der Hand, in der er den Stock hatte, wieder in's Schloß drückte; und dann rief er voller Freude in den Hausflur 'nunter:

»Onkel! ... Onkel!«

Onkel blieb stehen und sah herauf. Es war noch ein bißchen Sonne im Flur, und die bunten Glasscheiben, die oben über der Tür waren, legten goldgelbe, blaue und schön rote Lichter über seinen Strohhut, sein Gesicht und den mausgrauen Schoßrock.

Als er aber Walter sah, der ihm zunickte, lachte und vor Freude mit Händen und Beinen zappelte, lachte auch er, drohte ihm mit dem Stock und rief ihm zu:

»Na, du Strick? ... Was meinst du, wenn heut' Abend aus dem Mönchstal vor der dreibeinige, blaue Hase mit den feurigen Augen angehoppst kommt?«

Aber Walter lachte bloß.

»Och, heute doch nicht? Er fürcht't sich vorm Feuerwerk!«

»Gucke, gucke! Du hast ja viel Kurage!« lachte Onkel. »Na, wir wollen's hoffen.«

Aber da kam er schon die Treppe herauf; bald war er oben, und Walter hängte sich ihm, während er nach dem rosafarbenen Papiersack lugte, an den freien Arm. Er konnte jetzt erraten, daß in dem Sack, der lauter so kleine Buckel hatte, Kirschen waren.

»Guten Abend, Marie!« sagte Onkel, als er eingetreten war, zu Mutter. »Na, wie geht's dir?«

»Wie soll's gehn, Ludwig!« antwortete Mutter, während sie ihm die Hand reichte, ihn ansah und lachte. »Immer so so, nicht wahr? ... Einer kommt aus seinem ewigen Wirtschaftstratsch nicht 'raus ... Und wie geht's Mutter?«

»Sie wollte mitkommen, aber sie hat seit heut' Morgen wieder mal im linken Bein ihr Reißen ... Na, Dickchen? ... Hähähä!« setzte er hinzu, während er sich zu der kleinen Ida niederbeugte und sie streichelte. Die kleine Ida ließ ihre Puppe, machte große Augen nach dem Papiersack hin, reckte ihre dicken Ärmchen danach aus und rief: »Haben! ... Haben!«

Onkel öffnete den Sack und ließ sie 'neingreifen. Sie zog das Händchen voll Kirschen draus vor. Walter sah, daß es schöne, große Ammerkirschen waren. Die kleine Ida steckte sich gleich eine in den Mund.

»Hübsch Kernchen ausspucken, Idelchen, hörst du?« rief Mutter ihr zu. »Hübsch Kernchen ausspucken!«

Onkel aber richtete sich wieder auf und reichte Mutter den Papiersack.

»Oh, für mich?« sagte Mutter. »Seht, was ihr für einen guten Onkel habt! Immer bringt er was mit! ... Oh, und so herrliche Ammerkirschen!« Sie setzte den Sack vor sich hin auf das Nähtischchen, gab Onkel die Hand und sagte: »Na, dann hab' schönen Dank, Ludwig!«

»Sie sind für dich, Marie!« sagte Onkel. »Wir kaufen uns nachher welche draußen auf dem Berg, beim Öbster, gelt?« wandte er sich an Walter; denn er wollte verhindern, daß Mutter ihm welche abgäbe; sie sollte, weil sie nicht mitkommen konnte und heut Abend so ganz allein zu Hause war, auch was abhaben.

Walter war's zufrieden. Denn er wußte schon, es gehörte mit dazu, daß Onkel draußen beim Öbster auf dem Berge Kirschen kaufte.

Während Onkel sich erst noch eine Weile mit Mutter unterhielt, lief Walter in seine Ecke beim Schrank und holte von dort seine dunkelblaue Schülermütze, die unten einen blauen und einen weißen Streifen hatte. Und dann stand er bei Onkel und Mutter, sah Onkel an und schwenkte die Mütze hin und her, damit Onkel an den Aufbruch dachte.

Als Onkel aber noch immer fortfuhr, sich mit Mutter zu unterhalten, hielt er's nicht mehr aus und rief:

»Onkel, 's wird schon dunkel?«

Und etwas später, weil Onkel ihn nicht gehört hatte:

»Onkel, wir kommen zu spät?«

Mutter, die ihn unter ihrer Unterhaltung mit Onkel ansah, lachte jetzt, weil er's vor Ungeduld weinerlich gesagt hatte und sagte zu Onkel:

»Da kriegt er's wieder mal mit den Hummeln.«

Sie meinte damit aber, daß Walter es vor Ungeduld zum Feuerwerk 'nauszukommen, nicht mehr aushielte.

»Also, da soll's losgehen, Sohnemann?« wandte sich Onkel an ihn und lachte. »Na, dann leb' wohl, meine gute Marie!« Er reichte Mutter die Hand. »Laß dir die Zeit derweile nicht zu lang werden.«

I ja!« lachte Mutter. »Ich, und mir die Zeit lang werden lassen können! Bei der Wirtschaft und meiner Genossenschaft da«! Sie streichelte bei diesen Worten der kleinen Ida, die still ihre Ammern schmauste, leise den Kopf. »Na, hab' also nochmals Dank, Ludwig, für die wunderschönen Ammerkirschen, und viel Vergnügen draußen auf'm Berg!«

Und Onkel brach mit Walter, nachdem er Mutter noch »Adjeh so lange, Mutter!« zugerufen und ihr die Hand gegeben hatte, auf.

Unten auf dem Platz war die rote Glut von der Abendsonne drüben auf den Häusern jetzt erloschen. Aber oben, über den Dächern, war der Himmel noch schön hell und blau, nicht ein Wölkchen war zu sehen. Es war ganz still. Oben auf dem Hausfirst aber saß ein Star, der laut sein Abendlied sang. Walter hatte ihn schon oft beobachtet und ihm zugehört. Er saß jeden Abend dort oben, immer auf demselben Fleck. Hinten in der Gasse aber, die um Goldschmieds Haus 'rum zum Bach 'nunterführte, wurde wunderschön auf einem Tenorhorn geblasen. Auch das hörte Walter jeden Abend. Heute spielte das Hörn »Seht wie die Sonne dort sinket, hinter dem nächtlichen Wald«. Neben Goldschmieds Haustür, auf der Steinbank, saßen zum Feierabend noch Herr Goldschmied und seine Frau. Er hatte seine buntgestickte Hauskappe aus schwarzem Sammet auf und rauchte seine Meerschaumpfeife; die dicke Frau Goldschmied aber, die mit behaglicher Neugier zu Onkel und Walter herübersah, während Onkel die Beiden grüßte, strickte, und auf ihrem Schoß lag dabei ihre große, dicke, weiße Hauskatze. Über ihnen, im Fenster, standen drei große Kaktusstöcke. Der eine hatte viele große, hellrosa Blüten, der andere knallrote, und der dritte weiße mit rosa Streifen. Auf dem Pflaster, mitten auf dem Platz, spielten zwei Hunde. Sonst war weiter keine lebendige Seele zu sehen.

Onkel ging mit Walter die Straße 'nauf nach dem Marktplatz zu. Aber er ging für Walter, der immer ein Stück vorauflief, dann stehen blieb, Onkel ansah und auf ihn wartete, bis er dann wieder vorauflief, zu langsam.

Auch in der Straße, in der es, weil sie zu eng war, schon stärker dämmerte als auf dem Platze, saßen die Leute zum Feierabend vor den Haustüren und genossen die schöne Abendluft und die Stille und lauschten auf den Star und das Tenorhorn, die man vom Platze her deutlich hören konnte.

Als sie oben beim Rathaus angelangt waren, gingen sie nicht über den Marktplatz, sondern beim Hotel vorbei, wo zwei Handlungsreisende vor dem Tor saßen, Zigarren rauchten und sich was erzählten, und in die Gasse hinein, die am Kirchplatz vorbei nach der Schloßbrücke führte. Sie war die älteste Gasse der Stadt. Schon tausend Jahre war sie alt, hatte lauter kleine, bunt, grün, rot, gelb, blau, weiß gestrichene Häuser mit vielen bunten Blumenstöcken in den Fenstern, und solch altes, holpriges Pflaster, das wie lauter kleine, runde Kanonenkugeln war. Auf der rechten Seite gingen die Häuser aber nur bis zur Hälfte der Gasse. Dann kam ein ganz Stück bis zu dem kleinen Platz vor der Schloßbrücke eine alte, graugelbe, halbhohe Lehmmauer.

Hier blieb Onkel, der Naturfreund war, mit Walter ein Weilchen stehen. Die Lehmmauer war auf eine andere Mauer aus großen, grauen Steinen aufgesetzt, die tief 'nunterging bis zu einem Absatz, wo Gärten waren mit Obstbäumen und blühenden Hollunderbüschen, die in der warmen, stillen Abendluft ihren Duft heraufhauchten. Und viele, viele Rosen und Sommerblumen gab's da unten. Dann aber ging unter den Gärten noch tief die alte, graue Stadtmauer hinab. Die Gasse führte hier oben auf einem Berg hin. Ein gut Stück aber entfernt drüben zog sich ein Teil der Stadt mit roten Dächern und Gärten und schönen, dichten Baummassen einen anderen Berg 'nauf. Und oben auf dem Berge, noch weiter ab, war ein kleiner Wald, und noch ein Stück hin eine Kalkbrennerei. Sie hatte einen hohen Schornstein, und aus dem ging ein kleiner Rauch in den blauen Himmel 'nein. Auch nach rechts konnte man über die Stadt hinsehen. Und weit drüben über ihr sah man das alte Ziegeldach der Friedhofskapelle mit dem kleinen, runden Schieferturm drauf und der mächtigen, alten Linde davor.

Oben in der Luft flogen die Schwalben hin und her und machten »Zriiiihhh! ... Zriiiihhh! ... Zriiiihhh!«

Ein paar Minuten standen sie so, genossen den schönen Blick und hörten ein paar Nachtigallen zu, die unten in den Gärten schlugen. Als sie dann aber wieder gingen, sagte Walter:

»Onkel, man kann schon sehen, wie das Mondlicht in der Luft ist, nicht?«

»Ja«, antwortete Onkel. Dann aber lachte er und sagte: »Kannst du dich noch erinnern, wie wir da unten in dem Haus bei der Brücke gewohnt haben? Da warst du noch ganz klein, Sohnemann.«

»Oh!« rief Walter, der Onkel jetzt bei der Hand gefaßt hatte, zu ihm aufsah und neben ihm her mit den Beinen zappelte vor Eifer. »Onkel! Ich weiß noch ganz genau, wie Großmutter mich mal an einem Sommerabend so wie heute auf dem Arm hatte und mit mir auf der Brücke stand. Und da war der Vollmond dort über Scheibes Hause, da über dem Nußbaum – gucke! gerade so, wie er jetzt drüber steht!« – Sie sahen beide hin; und er stand wirklich über dem Nußbaum und Scheibes Dachfirst –, »und Großmutter zeigte mir den Mond und sang: ›Wer hat die schönsten Schäfchen?‹ Ach, das war schön!«

»Sieh mal, das weißt du noch? ... Was du für ein Gedächtnis hast, mein Junge!« sagte Onkel stolz, nachdenklich und ein bißchen gerührt und drückte Walter die Hand. »Gott erhalte dir's! ... Nu', das Lernen wird dir ja nicht schwer.«

Sie waren jetzt auf dem kleinen Platz angelangt. Links stand, am Hange, Scheibes Haus mit dem Nußbaum und dem Vollmond drüber; links von ihm zog sich zwischen Gartenmauern die kleine Gasse zum Kirchplatz 'nauf. Die ganze Kirche konnte man nicht sehen, aber den breiten, viereckigen Turm mit seiner Schieferkuppel oben drauf. Oben flogen noch die schwarzen Dohlen, die da im Gebälk und in den alten Mauerlöchern nisteten und riefen »Tjäh! ... Tjäh! – ... Tjäh!« in den Abend hinein. Und überall duftete es nach Hollunder.

Vor sich aber hatten sie unten die Schloßbrücke mit ihrem grünen Torbogen und dem Wappen drüber, die über den Wallgraben auf den gepflasterten Weg zum Schloß 'nauf ging. Oben aber, hoch drüber, zwischen runden Baummassen, erhob sich das mächtige Schloß. Durch die Bäume sahen die riesigen, grauen Wallmauern hervor, mit weitüberhängenden, graugrünen Massen von Teufelszwirn, Ebereschen und vielem Buschwerk, auch wieder Hollunderballen, die über und über voll breiter, weißer Blütendolden waren. Und ganz oben sah man über allem die drei mächtigen Türme: in den blauen Himmel hinein den runden, weißgrauen, tausendjährigen Wachtturm, der vier Meter dicke Mauern hatte; den viereckigen, grauen Turm, welcher der »Pariser Turm« hieß und eine schiefergedeckte Kuppelhaube hatte; und dann noch einen anderen viereckigen Turm, welcher der Marterturm hieß und eine Haube hatte, die mit Ziegeln gedeckt und wie eine kurze, braunrote Pyramide war.

Als sie die Brücke überschritten, taten sie einen Blick in den tiefen Wallgraben, der rings weit um das Schloßgebiet herumging und unten voller Obst- und anderen Bäumen, Blumen-, Gemüsebeeten und Beerensträuchern stand. Rechts aber hatten sie, dicht bei der Brücke, das große, gelbgetünchte Haus, wo sie früher mal gewohnt hatten, als Walter noch ganz klein gewesen war, und das an einer grauen, alten Bastei klebte wie ein Schwalbennest und tief noch in den Graben hinunterging. Daneben war in der Wallmauer ein buschverwachsenes, schwarzes Loch; da mündete gruslich ein unterirdischer Gang, der bis zum Schloß hinaufführte.

Sie gingen an einer Steinmauer hin, die zur Rechten den Gickelhahnberg bis zum äußeren Schloßhof 'naufreichte. Zur Linken aber hatten sie die Wallmauer mit ihren dunklen Baum- und Buschmassen oben. An ihrem Fuß zog sich ein Rasen hin, und hier war es dunkel, kühl und schaurig, und das alte Gemäuer hauchte einen kühlen, dumpfen Dunst in die warme Abendluft und den starken Hollunderduft hinein.

Als Onkel ein Weilchen an der Gickelhahnmauer stehen blieb und drüberweg zum Bach hinuntersah, der da unten zwischen Bäumen, Büschen und mächtigen, breitblättrigen Wasserpflanzen hinfloß und die Räder der Schloßmühle trieb, neben welcher der Herr Kantor Behrisch wohnte, kletterte Walter auf die Mauer und sah auch seinerseits da hinab. Der Bergflanke 'nunter standen hohe, alte Linden. Unten blinkerte hier und da der Bach durch. Drüberweg aber sah man wieder Gärten und zwischen Bäumen den anderen Hang hinauf einen Teil der Stadt.

Aber Walter dachte wieder an das Feuerwerk, kletterte flugs wieder 'runter und rief Onkel zu:

»Onkel, komm! Sie fangen sonst an.«

Und nun gingen sie den Schloßweg vollends 'nauf und kamen durch ein altes, hohes Tor in den äußeren Schloßhof. Das war ein holprig gepflasterter, von hohem, ganz altem Mauerwerk umstandener, kleiner Platz. Links vorn war ein mächtiges Gebäude mit zwei alten Linden davor, die von Bienen summten. Das Summen ging in der tiefen Stille über den ganzen Platz. Daneben war das Tor, das in den großen, inneren Schloßhof und zu der uralten, romanischen Schloßkirche führte.

Aber sie gingen da nicht hinein, sondern geradeaus über den Platz weg und dann durch einen dunklen, feuchtlichen Torgang, traten auf eine Brücke hinaus und überschritten den Wallgraben gegen das Vordorf hin.

Bevor sie ganz hinaustraten, taten sie noch einen Blick in den Wallgraben. Aber hier waren keine Gärten, sondern bloß Geröll und eine üppige Wildnis von hohem Gras und Kräutern, und wieder viele, viele, hohe dicke, dunkelgrüne Hollunderbüsche mit hunderten von flachen, weißen Blütendolden, die aus dem Dunkel da unten hervorglommen.

Dann stiegen sie den mit graugrünem, kurzem, filzigem Rasen bewachsenen Hang zu der obersten Vordorfgasse 'nauf. Links neben der Gassenecke ging der Hang noch ein gut Stück höher 'nauf; und dort stand abseits das große, weißgetünchte Haus der Schäferei, die zur Schloßdomäne gehörte, mit seinen alten Bäumen, die über das braunrote Ziegeldach ragten. Hoch über dem Schloß aber stand die große, goldene Vollmondscheibe.

Es war jetzt schon so dämmerig, daß man den Mondschein deutlich sehen konnte und den feinen Schatten, den die Ecke der Gasse auf den Hang legte.

Sie klommen zur Gasse 'nauf und gingen dann an der Reihe der kleinen, buntgetünchten Häuser hin, die sich lang bis zu den Bergen hinzog. Unter ihnen aber stieg das übrige Dorf zwischen Bäumen und Gärten tief ins Tal hinab. Hunde bellten in den kleinen Höfen, und die Stare sangen. Fledermäuse fingen an zu fliegen. Die letzten Schwalben strichen umher. Jetzt konnten sie aus der Ferne vom Tal 'rauf auch die Musik hören. Noch undeutlich: aber man konnte sie doch hören, und Walter drängte Onkel, daß sie schneller zuschritten.

Auf manchen von den Dachfirsten unter ihnen konnten sie noch den kleinen Wodanreiter aus rotem Ton sehen. Denn solche Wodanreiter gab es damals noch auf den Häusern hier draußen, und auch noch auf manchem in der Stadt. Heute sind sie alle fort, denn die Leute glauben an so was nicht mehr.

Jetzt hatten sie oben das Ende der Häuserreihe erreicht. Mit einem Staket, das sich wie ein feiner, schwarzer Schattenriß im Mondglast in das freie Berggelande hineinschob, endete sie.

Hier vorn, nah beim Dorf, waren die Berge frei. Es waren Kalkberge mit einem grauen, filzigen Angerrasenwuchs und kleinen, wilden, roten Nelken, kurzem, gelbblühendem Steinklee und bunten Wolfsmilchstäudchen dazwischen; auch Disteln wuchsen hier und da. Weit den Hang hinab zog sich eine Kirschenpflanzung.

Walter wußte schon, daß sie jetzt erst mal zum Öbster gingen. Doch fragte er besorgt:

»Onkel, haben wir auch noch Zeit?«

»Noch Zeit, noch Zeit, Männchen!« beruhigte Onkel.

Als sie noch ein Stück gegangen waren, sahen sie zwischen den Kirschbäumen die Bretterbude des Öbsters; und schon kam mit lautem, munterem Gekläff ein schlohweißes Spitzchen im Mondschein gegen sie her. Das war Meister Bornemanns Spitz und getreuer Wächter.

»Na, was denn, altes Spitzchen! Kennste mich denn nicht mehr?« sagte Onkel, indem er sich gegen Spitz niederbückte, der, als er ihn erkannte, zutraulich wurde und sich, mit dem buschigen Schweif wedelnd, streicheln ließ. Und dann sprang er davon und rannte, sich manchmal nach den Beiden umsehend, lustig kläffend vor ihnen her.

Und nun waren sie bei der Bude. An ihr hin standen braune und graue Weidenkörbe, in die die Kirschen getan wurden. An ihrer Längswand hin aber, die gegen das Tal hin stand, war auf vier eingerammten Pfählen ein langes, breites Brett genagelt, das der Tisch war; und, auf jeder Seite des Tisches waren noch zwei Sitzbänke, gleichfalls auf Pfähle genagelte Bretter. Hier konnte man sitzen und im Freien Kirschen essen.

Vorn, am Ende der Bank, die dicht an der Bude stand, und in der Nähe der Tür, saß, seine blauleinene Schürze vor, zum Feierabend Meister Bornemann, rauchte seine Halbpfeife und lauschte, feiernd die Arme untergeschlagen, der Musik, die, weil hier oben der Wind ging, mit zerrissenen Tönen leise, manchmal etwas lauter, unten vom Tal und vom Schützengarten heraufkam.

Als er die Beiden daher- und, Spitz voran, auf die Bude zukommen sah, wandte Meister Bornemann langsam, behaglich ihnen das Gesicht zu. Er hatte ein wetterbraunes, furchiges Gesicht mit buschigen, grauen Brauen und einer zausigen, grauen »Maurerfreese« unterm Kinn weg. Und eine verschossene, grüne Schirmmütze hatte er auf.

Er zuckelte ein bißchen an der Mütze, lachte höflich und rief mit seiner hellen Stimme, die wie die eines Schäfers und von jemand war, der immer an der frischen Luft ist, Onkel entgegen:

»Guten Abend, Herr Aktuar! Wollen Sie sich mit dem jungen Mann das Feuerwerk ansehen?«

»Das Feuerwerk, ja, Meister Bornemann! ... Auch schon mal wieder! ... Die Zeit geht so dahin. Guten Abend!«

»Hahahaha! Ju, ju, ju, geht hin, geht hin! ... Guten Abend, Herr Aktuar!« antwortete Meister Bornemann und reichte Onkel seine breite, braune, schwielige Hand hin, auf der dicke, dunkle Haare standen, und die dicke, harte Mausmuskeln hatte.

»Ja, da wären wir wieder mal, und Sie sind auch wieder hier oben!« sagte Onkel, indem er sich Meister Bornemann gegenüber niederließ. »Aber viel Zeit werden wir wohl nicht mehr haben bis zum Feuerwerk hin, wie?« Onkel zog die Taschenuhr und sah nach der Zeit.

»Na, zu 'nem Schnäpschen langt's noch!« sagte der Meister, der immer auch so zwei, drei Flaschen mit Schnaps und Likör bereit hatte, wenn mal wer von seinen Gästen zu seinen Kirschen auch noch ein Schnäpschen wollte. »Ein Ingwerchen?«

»Na ja, bringen Sie mir 'n Ingwerchen!« sagte Onkel. »Und für den Sohnemann hier einen Teller... Nein, eine Düte – er kann sie sich dann mitnehmen – eine Düte Kirschen ... Knackkirschen, nicht wahr? ... Magst du Knackkirschen?« wandte er sich an Walter und lachte.

»Oh!« rief Walter, sah Onkel an und legte beide Hände auf die Brust.

Jetzt sah auch der Meister Walter an, nickte ihm zu und lachte. Dann aber legte er beide Hände flach auf den Tisch, stützte sich, die Ellbogen steif und eckig zur Seite gereckt, auf, erhob sich schwerfällig, die Pfeife im Mund, und ging langsam zur Tür, die offenstand, in die Bude 'nein.

Auch Walter stand auf und ging, um Spitz herum, der in sich zusammengekringelt vor seinen Füßen am vordersten Bankpfahl lag und behaglich vor sich hin zwinkerte, schnell an die offene Tür, um einen Blick in die Bude zu tun.

Es war dunkel da drin, aber doch vom Mond, der durch ein paar Luken mit Glasfensterchen hereinschien, hell genug, daß Walter im Hintergrunde ein grob aus Brettern gezimmertes Bettgestell mit einem dicken, rot und weiß gewürfelten Deckbett drauf erkennen konnte, einen kleinen Tisch, auf dem noch ein Teller, eine braunirdene Kaffeekanne, eine Tasse und eine Hornlaterne standen, die aber nicht brannte. Der übrige, größere Teil der Bude stand voller Körbe und Kiepen, die mit Kirschen angefüllt waren, und an der Wand hing ein Gewehr, mit dem Meister Bornemann manchmal zwischen die Spatzen und Stare schoß, wenn sie sich über die Kirschen hermachten.

Meister Bornemann langte zu einem kleinen Bretterverschlag 'nauf, von dem er eine Flasche und ein Schnapsgläschen 'runternahm, die er derweilen auf den Tisch stellte. Dann nahm er ein groß Stück Zeitungspapier, drehte es zu einer langen Düte zusammen, wandte sich zu einem der Kirschkörbe herum und füllte die Düte mit Kirschen. Als sie voll war, tat er noch eine tüchtige Handvoll zu, und dann sagte er:

»Na, hier, da lang' zu, Kerlchen!«

Walter griff mit beiden Händen eifrig zu und ging Meister Bornemann voraraus mit der Düte schnell wieder zu seinem Sitz hin, während Meister Bornemann ihm, die Pfeife im Mund, mit der Flasche und dem Gläschen langsam folgte. Er setzte das Gläschen, das zwischen seinen mächtigen, braunen, hornigen Fingern ganz winzig klein war, mit einem kurzen Stupps vor Onkel hin und schenkte es ihm behutsam voll.

»Na, wohl bekomm's, Herr Aktuar!« sagte er dann; worauf er sich unter einem kleinen Ächzer, wie vorhin die flachen Hände auf den Tisch gestemmt und die Ellbogen steif und eckig zur Seite gereckt, langsam, schwerfällig wieder niederließ.

»Da, Onkel!« sagte Walter, indem er Onkel die Düte hinhielt.

»Na!« sagte Onkel und griff eine kleine Handvoll heraus. »So!« ... Behalt' das andere nur, Sohnemann!

Walter nahm die Düte zurück und fing an zu schmausen.

»Und wie sind Sie mit der Ernte zufrieden, Meister Bornemann?«

»Nu', alles was recht ist, wir können uns dies Jahr nicht beklagen ... Wir haben hier ja 'ne gute Kirschgegend: aber so gut wie dies Jahr is die Ernte lange nicht gewesen, das is wahr«, antwortete der Meister bedächtig, die Brauen hochgezogen, aus seiner Pfeife tüchtige Rauchwolken paffend und vor sich hin auf die Berge drüben auf der anderen Seite des Tales starrend.

Onkel merkte schon, daß er noch was Besonderes auf dem Herzen hatte, und wartete.

Gleich darauf fing der Meister denn auch schon an von einem Prozeß zu sprechen, in den er mit seinem Nachbar drin im Vordorf verwickelt war, und über den Onkel ihm einen guten Rat erteilen sollte. Darüber sprachen sie dann noch eine Weile miteinander.

Walter aß derweile seine Kirschen und ließ dabei die Blicke über den Berg hin gehen. Es war jetzt schon recht dunkel, nur der Mond schien. Oben war weit, weit der helle Nachthimmel, an dem schon ein paar große Sommersterne funkelten. Weiter oben, ein gut Stück ab, stand still und schwarz der Fichtenwald. Der Wind ging jetzt stärker und rauschte, raschelte und winselte gruslich gemütlich in dem Laub der vielen Kirschbaume den Hang hinab. Unten im Tal sah er im Mondschein weiß zwischen ihren dunklen Bäumen, einsam, draußen die alte Klostermühle. Weiter nach rechts aber, unten, jenseits des Baches, am Eingang des Tales, sah er den großen Schützengarten, wo's das Feuerwerk geben sollte.

»Na, da wollen wir nur unsere Zeche glattmachen, der Sohne-mann spannt sich auf sein Feuerwerk und wird mir ungeduldig, gelt'?« lachte Onkel und zog sein Portemonnaie hervor.

Die Zeche war auch danach. Ganze fünfzehn Pfennige. Zehn für die mächtige Düte Kirschen und fünf für das Ingwerchen. »Na, schön'n Dank auch, Herr Aktuar! Besonders für den Rat! ... Wenn ich Ihnen mal wieder 'n Gefallen tun kann: Sie wissen ...«, sagte Meister Bornemann unter einem Seufzer, der sich auf den Verdruß bezog, den er mit dem Prozeß hatte. Dann wischte er mit seiner mächtigen Hand, die er hohlgekrümmt hatte, die fünfzehn Pfennige über den Tisch her zu sich 'nüber.

Nachdem sie noch ein paar Worte zum Abschied miteinander ge-sprochen hatten, brach Onkel, der schnell noch sein Gläschen ausge-trunken hatte, mit Walter auf.

Etwas geschwinder jetzt gingen sie zwischen den Kirschbäumen quer nach rechts die Bergflanke 'nunter. Etwas weiter unten sahen sie viele schwarze Gestalten auf dem Berghang hocken, und auch oben, auf der Bergkante, standen viele Leute, die sich in schwarzen Gruppen vom hellen Nachthimmel abhoben, da oder gingen hin und her und lachten und erzählten sich was, daß man im Wind ihre Stimmen hören konnte. Und alle warteten auf das Feuerwerk.

Onkel ging mit Walter noch sin gut Stück weiter 'nunter, und dann setzten auch sie sich nebeneinander auf dem Bergrasen nieder.

»Du wirst dich mir doch nicht erkalten, Sohn?« sagte Onkel, der in so etwas ängstlich war.

»Och!« rief Walter zuversichtlich.

»Na, na, na! Der Wind geht! Und die Nachtkühle kommt! ... Schlag' lieber den Kragen in die Höhe; ich bin deinen lieben Eltern für deine Gesundheit verantwortlich, weißt du?«

»Och, es ist ja ganz warm!« wehrte Walter ab, der jetzt nur auf das Feuerwerk spannte.

All die Menschen, die da schwarz neben ihnen die Bergflanke hinauf und herunter dahockten, waren ganz still; nur ab und zu hörte man mal eine Stimme oder eine kleine Unterhaltung. Alle sahen zum Schützengarten ins Tal 'nunter und warteten, daß das Feuerwerk anfangen sollte, und hörten der Musik zu.

Walters Blick fiel auf ein kleines, dickes Mauerviereck unten am Fuß des Berges, das sich lichtgrau im Mondglast aus dem graugrünen Rasen abhob. Das war ein Brunnen, der schon neunhundert Jahre alt war, und den der Heilige, der damals oben auf dem alten Burgschloß lebte, mit seinem Stab aus dem Kalkstein hervorgeschlagen hatte. Der Heilige hatte auch das Kloster gegründet, das in früheren Zeiten eine Strecke weiter ab im Tal gestanden hatte. Ein Stück vom Brunnen ab, noch etwas tiefer, kam zwischen Bäumen und Büschen der Bach aus dem Tal 'raus und ging unterm Vordorf zur Stadt hin. Jenseits des Baches war der Weg, der ins Tal hineinführte, und auf der anderen Seite des Weges stand, einen Hang hinauf, in seinen Baummassen das Schützenhaus.

Das Geplauder zwischen den schwarzen Gestalten war jetzt so gut wie ganz verstummt, denn jeden Augenblick mußte das Feuerwerk anfangen. Man hörte bloß den Wind, der über den Berg hin wehte, daß es war, als trüge er den taghellen Mondglast in langen, seinen, witternden Silberstreifen vor sich her, und von unten 'rauf die Musik. Aber man konnte nicht verstehen, was gespielt wurde. Man hörte bloß immer Töne, die manchmal leise, manchmal lauter waren, dann mit einemmal ganz laut anschwollen und dann wieder leise wurden. Das klang ganz wunderlich und feierlich. Es war wie eine große, mächtige Aeolsharfe.

Und da, mit einemmal, sauste es mit einem scharfen Zischen, das man bis hier oben herüber hören konnte, mitten aus diesem feierlichen, auf und ab wogenden Getön und den hohen, stillen, starren, schwarzen Baummassen, steil schräg rotgoldgelb in die Höhe, und hoch, hoch und immer höher und ganz, ganz hoch mitten in den mondhellen Nachthimmel und die stillen, funkelnden Sterne hinein, und platzte hoch, hoch da oben, so hoch, daß es einem schwindlig wurde, wie man so hinsah, und zerstob in einen Regen von langen, nach unten zu kolbigen rotgelben, mächtigen Lichttropfen, die langsam ein Stück niedergingen, bis sie mit einemmal erloschen.

Walter war ein bißchen mit dem Kopf zurückgezuckt, sah aber mit weiten Augen drauf hin, bis die letzten Tropfen still, leise, feierlich erloschen waren.

Das war die erste Rakete. Alle, die dahockten, ließen wie aus einem Mund ein lautes »Ah!« erschallen. Walter aber blieb ganz still.

»Das war eine schöne, gelt'?« lachte Onkel.

Aber Walter konnte bloß leise nicken. Regungslos wartete er und starrte hinüber.

Und da fuhr auch schon die zweite in die Höhe, und bald darauf die dritte, und so nach und nach sechs. Die Musik war jetzt verstummt.

Ach, es war herrlich! Aber Walter achtete darauf, wie jedesmal, wenn eine von den Raketen erloschen war, immer nur hoch oben, ruhig still, feierlich fern der Nachthimmel stand mit den ruhigen, stillen, hohen, feierlichen Sternen drin. Einmal aber, als ihm gerade der Mond einfiel, wandte er sich um und blickte nach oben den Berg 'nauf. Und da sah er ihn groß, rund, mächtig, still, gleißend gerade über den kleinen Häusern des Vordorfs stehen. Man konnte in seinem Licht bei manchen die helle weiße, lichtrote, hellblaue oder graublaue Tünche erkennen. Wie klein sie waren! Der Mond darüber nahm sich aus wie ein riesiger, goldgleißender Luftballon.

Aber da fing mit einemmal unten wieder die Musik an. Und wieder war das sonderbare, auf und ab und hin und her wogende, feierliche Getön, das wie eine große, mächtige Aeolsharfe war. Und mit einemmal flogen zu gleicher Zeit in krummen Bogen, nicht so hoch wie die Raketen, ein Stück über die schwarzen, stillen Baummassen empor, sechs bunte Leuchtkugeln, die dann oben im Sternhimmel in viele, wunderbar bunte Funken zerplatzten.

Hei, und dann ging's erst los! Bald schossen goldfunkensprühend große Feuerräder auf und drehten sich im Kreise herum; dann mit mächtigen, hohen Funkengarben ein Feuerregen, aus dem wieder bunte Leuchtkugeln in die Höhe gingen. Manchmal drehten sich ein paar Feuerräder nebeneinander. Dann kamen wieder bunte Leuchtkugeln. Zuletzt aber spielte die Musik »Heil dir im Siegerkranz!«, was man diesmal, weil ganz laut gespielt wurde, deutlich hören konnte, und es wurde ein großes, goldenes W mit einer Krone drüber abgebrannt, außerdem noch auf jeder Seite ein Goldregen, aus dem wieder Leuchtkugeln in die Höhe schössen. Dann aber war's eine Weile still. Und danach gingen, nachdem wieder die

Musik eingesetzt hatte, noch sechs Raketen in die Luft, und dann war es aus.

Es war jetzt nur noch der Nachthimmel mit seinen Sternen da, unten die stillen, schwarzen Baummassen im Tal, und links drüben im Mondglast die Berge mit dem schwarzen Wald oben. Alles war still. Und es war, als ob es mit einemmal kühler geworden wäre. Der Wind ging lauter.

Der Mond überm Vordorf war jetzt ein Stück höher gestiegen. Die vielen schwarzen Gestalten, die dagekauert hatten, standen jetzt überall auf, was ganz sonderbar aussah, und stiegen in dunklen Haufen langsam den Berg gegen das Vordorf 'nauf. Sie sprachen jetzt miteinander. Aber nicht sehr laut. Manchmal hörte man hier und da ein Lachen. Ein Mädchen mittendrin lachte mit einem Mal so laut, daß sie ordentlich kreischte. Und dann lachten auch, ganz laut, ein paar Bursche, und einer jodelte »Juhu!«

Auch Onkel und Walter stiegen, etwas abseits von den anderen, wieder den Berg 'nauf dem Vordorf zu.

»Ist dir auch nicht kalt, Walter? Mach' lieber den Kragen hoch, hörst du?« mahnte der Onkel.

Walter, der noch kein Wort gesagt hatte und immer nur noch an das Feuerwerk dachte, und auch daran, wie sonderbar es war, daß mit einemmal die Musik nicht mehr spielte und alles wieder still und dunkel und vorbei war, zitterte ein bißchen, als ob er fröre. Aber er sagte:

»Ach nein, ich friere gar nicht.«

»Na? Du?«

»Nein, wirklich nicht, Onkel.«

Und er fror auch gar nicht; es war bloß, weil er noch alles vor sich sah, und weil er so viele Gedanken hatte.

Als sie wieder oben auf dem Berge waren, tat Walter noch einen Blick zu Meister Bornemanns Bude hin, die man fern im hellen Mondschein noch sehen konnte. Deutlich hörte er im Winde auch Spitz bellen. Eigentlich aber heulte er wohl. Vielleicht heulte er den Mond an.

»Onkel, hör' mal Spitz!« wandte Walter sich an Onkel. »Du, vielleicht heult er gar nicht, sondern singt, weil der Mond ihm gefällt?«

»Sieh mal, was du für schnak'sche Einfälle hast!« sagte Onkel und lachte. »Nun, wer weiß? Vielleicht singt er wirklich? Denn warum verkriecht er sich nicht, wenn der Mond ihm unangenehm wäre?«

Als sie endlich wieder oben die Dorfgasse hingingen, fing Walter an zu erzählen und zu fragen. Er war dabei so eifrig, daß er gar nicht auf den Weg achtete und bloß immer so vorwärts stolperte. Onkel antwortete ihm geduldig auf alles.

Schließlich aber sagte Walter, nachdem er eine Weile still gewesen war und bloß immer so zum Himmel 'naufgesehen hatte:

»Onkel, was ist schöner: das Feuerwerk oder die Sterne?« Ohne Onkels Antwort aber abzuwarten, fuhr er fort: »Du!

Jedesmal, wenn eine Rakete oder eine Leuchtkugel oder ein Goldregen in die Höhe fuhr, waren der Himmel und die Sterne immer ganz blaß und als ob sie gar nicht mehr da waren; aber wenn's dann vorbei war, dann waren doch jedesmal oben noch der Himmel und die Sterne ... Au, so sein, so sein! Wie ganz seine Diamantfunken! Nicht?«

»Sieh mal! Was du da für Gedanken hast, Sohn!« sagte Onkel und sein Gesicht war ernst und nachdenklich. Wenn er für gewöhnlich auch gern so sein Späßchen machte, war er doch manchmal so ernst und nachdenklich, und dann hatte Walter ihn jedesmal besonders gern.

»Ja, ja! So pufft und prasselt das Werk der Menschen in den Himmel hinein, als ob er gar nicht mehr da wäre, und verpufft und verprasselt, so groß und herrlich es ist; denn es ist ja gewiß groß und herrlich. Aber ruhig und unverrückt stehen drüber immer noch die schönen, stillen Sterne ... Aber, da! Sieh mal! Sieh!« unterbrach er sich plötzlich, blieb stehen, wies mit der hurtig ausgestreckten Hand gegen den Himmel hinan und lachte. »Es scheint, auch da oben machen sie Feuerwerk! Schnell! Sieh!«

Sie waren beim Ausgang der Gasse angelangt und hatten vor sich wieder, geisterhaft im Mondschein, die dunklen Massen des Schloßreviers mit seinen drei mächtigen alten Türmen. Gerade über dem

Schlosse aber bewegte sich oben am klaren Mondhimmel hin in einem schönen Bogen eine große, weiße Kugel mit einem langen, weißleuchtenden Schweif. Der Schweif aber zackte sich in seiner Mitte mit einem Mal wie ein Blitz, oder mehr so schraubenzieherartig; es war, als wenn von der Stelle sich ein paar seine, bunte Lichtwölkchen ablösten. Und plötzlich war alles wieder weg, wie ein Hauch ...

Türck

Türck ist ein strammer Köter, ein Hof- und Kettenhund. Er wird seine sechs bis sieben Jahre haben, steht also gerade im besten Alter. Über seine »Rasse« ist nichts Bestimmtes auszusagen. Es wäre wohl kaum noch zu ermitteln, welcher Mischung er entsprungen.

Er ist mittelgroß, rötlich hellbraun, auf vier stammigen, im Verhältnis zu seiner Länge etwas zu kurzen Pfoten ein praller, kurzhaariger, muskulöser Rumpf. Der Kopf, ungefähr wie ein abgestumpfter Jagdhundkopf, hat glatthaarige Schlappohren, an deren etwas defekten Rändern die kahle, schwarzgraue Haut hervorsieht.

Er hat eine breite Stirn mit zwei kräftigen, schönen Buckeln und einer Vertiefung dazwischen, einen Bombenschädel, hat starre, gelbe Augen, so die richtigen Wolfsaugen, einen gedrungenen, kräftigen Hals und ein respektables, weißblitzendes Gebiß. Er ist absolut mannfest und ein schon sehr gefährlicher Bursche.

Über seine frühste Jugend, also darüber, wie er, hinsichtlich seiner Gemütsart, früher mal gewesen ist, weiß ich nichts Näheres. Doch es ist zu bedenken, daß er nun schon manch ein Jahr, immer so jahraus, jahrein, hier in dem kleinen ländlichen Hof, an seiner dicken, eisernen Kette liegt. Obgleich er sich schon lange in sein Los gefügt hat, ist es begreiflich, daß so etwas auf den Charakter zurückwirken muß. Doch hat er's, wie gesagt werden muß, nicht eigentlich schlecht.

Seine Hütte ist solid aus roten Backsteinen gebaut. Sie ist ziemlich tief und geräumig, dick mit Stroh ausgepolstert, und der Eingang ist verhältnismäßig klein, so daß er's im Winter soweit also wohl ganz leidlich warm haben wird. Sie befindet sich in einer Ecke, welche die licht blaugrün getünchte Hauswand mit einer hohen, aus weißgrauen Kalksteinblöcken aufgeführten, dicken Mauer macht, die wie ein altes Burggemäuer aussieht und das kleine Anwesen von dem nachbarlichen trennt.

Der Hauswand und Türcks Hütte gegenüber führen Stufen aus brüchigen Kalksteinplatten zwischen einem gleichen Kalksteingemäuer mit einem engen Gang, der durch eine Gattertür verschlossen werden kann, zu einem kleinen Hausgarten hinauf. Oben auf der Mauer, zur Rechten, erhebt sich eine buntgestrichene, von Pfeifenkraut überwucherte Holzlaube. Außer dieser Laube aber kann Türck, den Gang hinauf, die Obstbäume, Beerenbüsche und Rosensträucher des Gartens und außerdem noch den Hügel mit dem grünen Angerrasen hinter dem Anwesen sehen, auf dem sich immer Hühner, Enten und weiße Gänse umhertreiben. Und außerdem befindet sich dicht neben der Hütte in der Hauswand im niedriges Fenster, das der kleinen Hausküche angehört. Wenn Türck die Vorderpfoten auf die Fensterschwelle legt, kann er bequem da hineinsehen; und in der schönen Jahreszeit, wenn das Fenster den Tag über offensteht, auch riechen, was da drinnen Gutes gekocht wird. Z. B. wenn es Braten gibt oder im Tiegel Speck ausgelassen oder geröstet wird.

Und dann hat er ja auch den Blick über den Hof.

Sein Abteil ist freilich durch ein Holzstaket mit einer Gittertür gegen den übrigen Hof abgeschlossen. Da das Abteil keine besondere Tiefe hat, die ihm etwa einen gehörigen Anlauf gewährte, ist das Staket immerhin hoch genug, daß er, falls er von der Kette los ist, nicht drüberwegspringen kann.

Natürlich ist das Staket seinetwegen da und um den übrigen Hof gegen ihn zu sichern. Zwar halt man, Türcks wegen, im Hof selbst kein Federvieh, das er erbarmungslos und reuelos totbeißen würde, sondern das Federvieh befindet sich oben im Gartchen: aber es kommt doch oft mal ein Fremder in den Hof, und außerdem dürfen ab und zu die Schweine aus ihren Koben hervor und sich hier austosen, vor denen er gleichfalls keinen besonderen Respekt hat; so wenig, daß er gelegentlich doch mal ein Ferkel erwischt, totgebissen und angefressen hat. Auch Hühner, die sich unvorsichtigerweise oben vom Nachbar her über die Mauer in sein Revier gewagt hatten, hat er schon gepackt, totgebissen und aufgefressen. Denn so ist er. Wie gesagt, schon sehr schlimm.

Also auch den Blick in den übrigen Hof hinein hat er durch die Latten seines Stakets durch. Der Hof hat ein grauweißes, höckriges

Kieselpflaster. Zur Linken erhebt sich ein Gebäude mit Ställen, Schuppen, Kellern und Böden. Zur Rechten ist die Hauswand mit der gemütlichen Tür, über der allerlei Krautwerk, würzig duftender Majoran usw. hängt. Türck gegenüber aber, am anderen Ende des Hofes, gibt's mit allerlei Gerät und Werkzeug drum herum eine grauzementierte Zisterne, in welcher das Regenwasser aufgefangen wird, und hinter ihr ein kleines Gelaß, das als Schuppen und Waschküche benutzt wird; auch wird zur Herbstzeit hier das Pflaumenmus gekocht. Und zum roten Ziegeldach kann er hinaufsehen, wo in der Sonne die Tauben und Katzen ihr Wesen treiben, und er kann die Bodenluken beobachten. Auch wird den Tag über allerlei im Hof gearbeitet und ist ein häufiger Verkehr von der Haustür zu den Ställen und Schuppen hinüber und herüber.

Also allzusehr zu langweilen braucht er sich ja gerade nicht, hat's nicht gar zu schlimm. Außerdem kommt er ja bei Einbruch der Nacht von der Kette los. Man darf versichert sein, daß jedem Dieb und Einbrecher die Lust auch nur zu dem Gedanken vergeht, hier zu mausen. Türck ist berüchtigt und berühmt in der ganzen Umgegend, und seine Besitzer werden um ihn beneidet.

Er kommt wohl auch sonst mal von der Kette los. Z. B. abends, zum Feierabend. Dann sitzt etwa der Hauswirt auf dem Rand der Zisterne und spielt die Ziehharmonika. Aber obgleich die Stakettür offensteht, macht Türck dann von seiner Freiheit keinen Gebrauch, sondern verkriecht sich, sobald er seinen Herrn mit dem Instrument auch nur aus der Haustür auf den Hof heraustreten sieht, in die tiefste Tiefe seiner Hütte. Auf der Stelle erscheint dagegen sein Kopf, wenn die Harmonika schweigt, und die Frau »Türck!« ruft. Er weiß, daß sie dann von der Wand des Schuppens den großen, hölzernen Faßreifen herabnimmt, der dort hängt; und er weiß, was das zu bedeuten hat. Sobald er daher sieht, daß die Frau sich auf den Hackeklotz gesetzt hat und den Reifen vor sich hin hält, kommt er unter schallendem Gebell wie der Blitz aus der Hütte hervor und ist gleich darauf mit einem mächtigen Satz auch schon durch den Reifen durch. Und dann geht's wie der Teufel unter freudetollem Gekläff rasend immer im Hof hin und her – manchmal hat er dabei auch einen langen Knüppel im Maul –, durch den Reifen durch, und manchmal, obgleich er ziemlich hochgehalten wird, mit mächtigem Satz über ihn weg.

Das ist was für ihn. Oder wenn er sich totstellen muß. Oder wenn er gefragt wird, ob er Hunger hat. Denn dann gibt's immer einen Leckerbissen. Und zwar, weil er, ob man's glaubt oder nicht, ganz deutlich auf die Frage mit einem stürmisch bejahenden »Hunger« antwortet. Und wenn es dann heißt: »Na, da kriegt er ja was!« – ist er erst mit der ganzen Welt zufrieden. Oder er wird auch wohl gefragt, wo die Katze ist. Dann sieht er sofort oben zur Dachluke hinauf. Denn, so unglaublich es ist: er weiß, obschon die Affaire nun schon zwei Jahre her ist, daß ihm im letzten Augenblick da hinauf noch eine Katze entwischt war, die er schon beim Felle gehabt hatte. Ja, dumm ist er gerade nicht.

Sein Charakter, oder seine tiefere Gemütslage gibt auch sonst wohl Rätsel auf. Ganz erstaunlich haben sich nicht nur die Wirtsleute, sondern das ganze Dorf darüber gewundert, daß er, als ich zum erstenmal im Haus auf Sommerfrische war und auf den Hof hinaustrat, nicht sofort wie ein Rasender losbellte und durch das Staket oder darüberweg auf mich los wollte – was er sonst, außer den Hausleuten, ausnahmslos bei jedem tut, der den Hof betritt –, sondern, als ich zum Staket hinkam und ihn ansprach, an seiner Kette hinzukam, die Vorderpfoten aufs Staket legte und sich von mir anreden und streicheln ließ. Als ich ihm dann aber einen guten Happen zu fressen gab, ist er für immer mein Freund geblieben.

Ja, er ist ein merkwürdiger Bursche. So recht ein rauhbeiniger, absolut eigenständiger, strammer Mannskerl; und doch, wie man sieht, so mit seinen Hintergründen.

Was sein Fressen anbetrifft, so ist es nicht zu gut und nicht zu schlecht. Er kriegt außer seinen besonderen, natürlich sehr einfachen aber reichlichen Bezügen noch was es so an Abfällen vom Mittags- und Abendtisch gibt; und dabei kann er allerdings auskommen. Er steht denn auch mit den Hausleuten auf bestem Verkehrsfuß; auch die Kinder dürfen ihn nach Herzenslust zausen und streicheln.

Bemerkenswert ist ein Ausspruch des alten Schäfers von der Schloßdomäne über ihn. Als Türck damals das Schweinchen und bald darauf auch ein Huhn totgebissen und gefressen hatte, war der Alte von der Hausfrau gefragt worden, ob sie ihn am Ende nicht doch lieber totschießen lassen sollte, weil er doch gar zu schlimm wäre. Aber er hatte geantwortet:

»Sin' Se froh, daß Se den Hund hamm'; so'n guten Hund krei'n Se Ehr Labtag nich' wedder!«

Marie

Noch nicht so lange verkehrte er im Hause als Hedwigs Verlobter, und mit der Verlobung war es schnell geworden. Ihre Schwester Marie hatte er überhaupt nur selten zu sehen bekommen, wußte kaum etwas über sie. Es mochte an Mariens besonderem Wesen, vielleicht auch daran liegen, daß sie – die Mutter war seit Jahren tot – als die Ältere so ausschließlich mit den häuslichen Angelegenheiten zu tun hatte und aus ihrer Küche nicht viel herauskam. Vielleicht hatte es auch einen anderen Grund.

Als er heut' Abend aber, zur Feierabendzeit, auf das Haus zuschritt, war sie es, die er in der Haustür stehen sah. Offenbar war sie, um ein paar Augenblicke Luft zu schöpfen, eben erst aus ihrer Küche hervorgetreten.

Die Haustür stand offen, und gegen den schwarzen Hintergrund konnte er, zumal es schon stark dämmerte und das letzte Tageslicht sich mit dem des aufgegangenen Vollmondes mischte, von Marie kaum mehr sehen als den weißlich bleichen Fleck des Gesichtes mit den dunklen Löchern der schwarzen, tiefliegenden Augen drin. Denn auch ihr sehr reichliches, wie eine dicke, struppige Mähne emporstehendes Haar war schwarz, und sie trug ein schwärzlich dunkelblaues Kattunkleid, so daß ihre Gestalt, wie sie da gegen den einen Türpfosten angedrückt dastand, von dem schwarzen Flur fast ausgelöscht wurde.

Sie war eher klein, lahmte in der einen Hüfte, die schief hervorstand. Deshalb war ihr auch die eine Schulter kürzer und ging tiefer herab als die andere.

Nein, eine Schönheit war sie gerade nicht, die arme Marie. Eher schon geradezu abstoßend häßlich; so sehr er sie dabei bemitleidete und innerlich mit sich unzufrieden war: so häßlich, daß er's immer mit einer gewissen Nervosität hatte, wenn er mit ihr sprach, und die Unterhaltung nie lang werden ließ. Auch hatte sie eine unbeholfene, leise Sprechweise, war schweigsam, nie besonders zu einer Unterhaltung aufgelegt, der sie vielleicht, wer wußte warum, am liebsten auswich. Übrigens war sie ja fast beständig von ihrer Wirtschaft in Anspruch genommen.

Ja, ihr Gesicht war weißlich bleich, die Augen lagen tief, von kantigen Stirnknochen mit dicken, schwarzen Brauen überbaut. Die Stirn war breit und niedrig und von dem vorstrebenden starren Haarbusch überwulstet. Die Backenknochen traten breit und eckig hervor, das ganze Gesicht war viereckig, kantig. Dazu hatte sie einen breiten, dicklippig roten Mund und eine Stuppsnase. Nur die großen, tiefschwarzen Augen waren vielleicht bemerkenswert. Sie sahen einen immer gerade an; aber doch mit einem verhaltenen, tief nach innen fliehenden, man hätte sagen können: sich zurückstremmenden Ausdruck.

»Guten Abend, wie geht's noch immer, Marie?« sagte er, als er bei ihr angelangt war.

»O, gut ... Dir auch?«

Es blieb ein Schweigen, unter welchem Marie ihn in einer Weise ansah, als erwarte sie, daß er gleich an ihr vorbei in das Haus eintreten und hinter in den Garten zu Hedwig gehen werde. Doch er hatte es wieder mit seinem dummen Mitleid, schämte sich auch wohl darüber, daß er tatsächlich am liebsten gleich hinter in den Garten gegangen wäre. Und so verweilte er noch.

»Du bist ein bißchen aus deiner Küche 'raus und feierst?« fragte er, bloß um etwas zu sagen.

Sie sah ihn an. Dann aber sagte sie unter einem Lächeln, das aber bloß eins aus Höflichkeit war, denn alles vibrierte in ihr, weil sie fühlte, daß er ja doch am liebsten gleich bei Hedwig gewesen wäre:

»Ach, ja, ja.«

Aus Verlegenheit sah er mittlerweile zu einem Schwarm Tauben in die Höhe, der drüben über einem roten Hausfirst, der aus den Baummassen eines großen Gartens aufragte, in der blauen Abendluft kreiste.

»Es ist ja auch ein so außergewöhnlich herrlicher Abend heut. Ja, das ist er ... Da drüben steht schon der Vollmond über den Bäumen.«

Marie hob ihren Blick gegen den Mond hin, ließ ihn, doch ohne einen besonderen Ausdruck, an ihm haften.

»Ja, schon!« sagte sie.

Und wieder blieb ein Schweigen. Er fand aber nichts mehr, wurde jetzt sehr verlegen und sagte bloß noch:

»Hedwig ist hinten im Garten?«

»Ja, hinten.«

Er ging.

Marie aber wandte sich um und verfolgte ihn stumm mit ihrem Blick, bis er am anderen Ende des Flures angelangt war. Er öffnete die Tür. Für einen Augenblick drang aus dem Garten eine Helle in das schwarze Dunkel, dann schloß sich die Tür wieder.

Langsam wandte Marie den Blick wieder ab und sah vor sich hin auf die Gasse hinaus.

Er atmete auf, als er sich im Garten befand. Es schien ihm, als sei es hier heller als draußen vor der Tür auf der Gasse. Man konnte hier auch den Vollmond deutlicher sehen.

Die Hand noch auf der Türklinke suchte er mit den Blicken nach Hedwig. Aber da sah er sie schon zwischen Rosen, Nelken, Lilien und den vielen anderen bunten Sommerblumen den Kiesweg daherkommen.

Er ging ihr entgegen, begrüßte sie, legte den Arm um sie, zog sie an sich heran und gab ihr einen Kuß, den er halb unbewußt zu einem längeren werden ließ.

Wie sehr war sie das Gegenteil ihrer leiblichen Schwester, körperlich und geistig! Es war wie das unglaublichste Naturwunder. Immerhin war die Mutter schwarzhaarig gewesen, während der Vater lichtblond war.

Die eher kleine Gestalt zwar hatte Hedwig mit ihr gemeinsam. Aber im übrigen war sie wie ein Lichtelf gegen eine schwarze Hexe. Wobei noch dazu kaum zu vermuten stand, daß Marie ihrem Wesen nach so eine richtige »Hexe« hatte genannt werden können. Lieber Gott, sicher nicht mal das! dachte er so.

In einem lichten Sommerkleid, lichtblond, blauäugig, mit einem lieblichen, wie aus Milch und Blut gehauchten Gesichtchen, sanft und harmlos fröhlich lag sie ihm im Arm und sah zu ihm empor, sah ihm glückselig lachend in die Augen. Ein Sonnenscheinchen, ein kleiner Zwitschervogel war sie, die einzige Freude ihres verwitweten Vaters, und so ein köstlich anmutiges, kleines Weibchen. Er wußte, daß sie auch zu Marie, wie zu jedem Menschen, lieb und gutartig war. Es bedeutete nicht Schlechtigkeit oder Trägheit, wenn sie ihr in der Wirtschaft alles überließ: sie war dazu eben nicht geschaffen; mit denen sie in Berührung kam gutes Sonnenscheinchen zu sein, das war ihre Bestimmung.

Mit verschränkten Armen gingen sie langsam die Gartenwege entlang, das Gesicht einander zugeneigt. Er war sehr, sehr glücklich, lauschte ihren, fröhlichen, lichten Geplauder, ihrem silberhellen Lachen, ganz in ihr glückseliges Wesen verloren.

Tiefer senkte sich die Dämmerung. Oben stand groß der gleißend helle Mond, fing mit seinem Glast an, die Farben der Blumen in ein magisches Violett auszulöschen. In einem Nachbargarten, an dem der kleine, umbuschte Fluß vorbeiging, schlug eine Nachtigall. Die Rosen dufteten betäubend.

Unter einem blühenden Jasminbusch hatte er sich mit Hedwig auf eine Bank niedergelassen. In einer Umarmung verloren plauderten sie leise, Auge in Auge versunken, flüsterten einander Koseworte zu, hatten die Welt und ihre Umgebung vergessen.

Aber da geschah es, daß er plötzlich auffuhr.

Ein wunderbarer, unbeschreiblich schöner, volltöniger Gesang hatte sein Ohr getroffen. Mit angehaltenem Atem lauschte er.

Der innige, leidenschaftliche Ausstrom einer glühenden Seele. Nein, keiner glühenden. Er wußte nicht, was ihn traf? Es war ein Anderes, Tieferes, Schöneres. Er hätte es nicht sagen können, wußte kaum, ob er das verstand; er war ja dazu ein zu schlichter, beschränkter Alltagsmensch.

Und er lauschte. Jetzt war die erste Strophe zu Ende. »Adelaide!« ... »Adelaide!« rief die unbeschreiblich schöne, tiefe Altstimme.

»Wer singt da?« flüsterte er.

Hedwig lachte.

»Ach ja, du weißt ja nicht ... Sie tut's ja nur so ganz selten. Merkwürdig, daß sie gerade heut' Abend singt ... Marie.«

Der Mann im Theater

Kürzlich sah ich mir in einem unserer städtischen Theater die Erstaufführung des Lustspiels eines noch unbekannten Autors an.

Ich saß im Parkett ziemlich vorn bei der Bühne auf einem Eckplatz dicht bei dem breiten Gang, der an der Seitenwand zur Rechten hinführte. Etwas nach rechts von mir, neben der Bühne, stand ein großer, mäßig geheizter, eiserner Ofen; neben meinem Sitz aber, jenseits einer Schnur, welche die Parkettsitze gegen den Gang abgrenzt, an einem Holzpfeiler noch ein Rohrstuhl, vor welchem es dann keine weiteren Sitzgelegenheiten mehr gab.

Da ich früh gekommen war, vertrieb ich mir, nachdem ich den Zettel studiert hatte, die Zeit damit, zuzusehen, wie sich der Raum allmählich füllte, bis ich schließlich, als mir das über geworden war, ohne weiter an was zu denken, bloß noch so vor mich hin nach rechts in den der Lichtersparnis wegen von drei elektrischen Birnen schummrig beleuchteten, angenehm leeren Seitengang hineinsah.

Den Duft einer Apfelsine in der Nase, die von irgendwem hinter mir gegessen wurde, hatte ich, kaum mit etwas anderem beschäftigt, als daß der Ofen besser geheizt sein konnte, einige Minuten so vor mich hin gesehen, als ich jemand mit einem Schritt, der für mich so halb unbewußt etwas Auffallendes haben mochte, vorn vom Eingang her den Gang herabkommen hörte.

Ich wandte mich über die Schnur vor und sah den Gang hinauf. Er war nach wie vor leer, bloß unter einer von den elektrischen Birnen standen drei junge Mädchen, die mit einigen jungen Männern ihre Unterhaltung hatten. Dicht bei der Schnur aber sah ich einen Mann daherkommen.

Er erregte sofort mein Interesse.

Er war reichlich über mittelgroß, hatte ein langes, flach- und zugleich vollwangiges, bleiches, doch nicht krank bleiches, bartloses

Gesicht, aschblondes, bürstenartig, doch nicht sehr hoch emporstarrendes, dichtes Haar, eine kurze, gerade Nase, ein volles, etwas vorragendes, breites Kinn. Die eher niedrige Stirn fiel schräg gerade ab und wirkte gegen die breite Unterpartie des Gesichtes zu schmal. Die steif kurze, aschblonde Haarbürste machte oben mit ihr einen stumpfen Winkel. Der Mann hatte kleine, runde, graublaue Augen, die zu nahe gegen die schmale Nasenwurzel beieinander standen. Einen ganz altmodischen weißen Klappkragen trug er und drunter einen schon mehr als nüchternen, schwarzen, steif flachen, kleinen Schlips. In den Schultern war er eckig, doch wirkte die Brust gegen die vortretende Bauchpartie schmal. Er hatte ein enganliegendes und ziemlich hoch zugeknöpftes, graubraunes Jackett an, das so lang war, daß es ihm fast bis an die Knie runterreichte, und gleichfarbige Beinkleider, die von zwei von oben bis unten gleichmäßig runden, kräftigen Beinen so ziemlich ausgefüllt wurden. Die Füße waren auffallend groß; auch die knochigen, roten Hände. Es machte den Eindruck, als trage er keine Manschetten. In der einen Hand hielt er mit einer Art von steifer Sorgfalt etwas von sich ab, den Theaterzettel.

Seine Haltung war eine aufrechte, doch hielt er das Gesicht steif gerade vor sich hin vorgeleckt. Dabei hatte sein Gesicht einen gleichmäßig ernsten Ausdruck. Die kleinen, blaugrauen Augen aber waren, – ich hatte das Gefühl: weit aufgerissen – unverwandt irgendwohin, immer in derselben Richtung vor ihn hin gerichtet. Sein Gang aber war ... Nun, man hat wohl schon mal solch einen buntlackierten Automaten gesehen, so ein Männchen aus Blech, das einen Karren schiebt, und wie es, wenn es aufgezogen wird, schreitet. So schritt er.

Vollkommen, ich möchte sagen, in seinen Anblick aufgegangen, haftete meine Aufmerksamkeit, wie er so daherkam, an ihm. In einer Weise, daß sich schon jeder hätte beobachtet fühlen müssen. Doch ohne die Richtung seines Blickes auch nur im geringsten zu verändern, kam er näher und näher, bis er bei dem Stuhl neben mir jenseits der Schnur stehen blieb. Ohne mich oder sonst wen oder was zu beachten und den Ausdruck seines Gesichtes und seiner Augen auch nur im mindesten zu verändern, sah er, beide Arme lang und steif, etwas vorgebeugt, einige Sekunden auf den Rohrsitz des Stuhles nieder. Dann machte er, immer ohne mich oder sonstwen oder was zu beachten, eine kurze Achtelschwenkung und ließ sich langsam, steif gerade, den Kopf in der schon gekennzeichneten Weise nach vorn gereckt, nieder. Ich sah, wie seine Knie dicht gegeneinandergedrückt waren und daß die Unterschenkel mit den Oberschenkeln einen genauen rechten Winkel machten. Einen Augenblick starrte er, immer mit demselben Gesichtsausdruck, seinen Zettel an, dann hob er ihn gegen die Augen und las ihn, ich hatte den Eindruck: sorgfältig vom ersten bis zum letzten Buchstaben durch, worauf er ihn langsam, sorgfältig zusammenkniff und in gleicher Weise in die rechte Seitentasche seines Jacketts schob. Als er das aber getan hatte, legte er, die Ellbogen dicht angedrückt, beide Hände übereinander in den Schoß, während sich sein Blick, immer mit dem gleichen Ausdruck, vor sich hin auf den Ofen richtete.

Es versteht sich, daß ich ihn bis zum Anfang der Vorstellung beobachtete. Doch ich darf versichern, daß er bis dahin weder seinen Blick vom Ofen fortwandte, noch sonst irgendeine Bewegung machte, die ihm eine andere Körperhaltung gegeben hätte. Endlich ertönte das Zeichen zum Anfang. Ehe der Raum sich aber zu verdunkeln anfing, konnte ich wahrnehmen, daß sich sein Blick vom Ofen fort und der Bühne zuwandte. Der Vorhang hob sich, die Vorstellung begann. Ich durfte mich mehrfach überzeugen, daß sein Blick, während er beständig die gleiche Körperhaltung bewahrte, nicht einen Moment von dem, was sich auf der Bühne zutrug, abwich. So verhielt er sich, bis der erste Aufzug zu Ende war. Dann aber richtete er, ohne daß er auch nur eine Miene oder in irgendeiner Weise seine Haltung veränderte, seinen Blick wieder auf den Ofen.

Die Pause über blieb ich auf meinem Sitz, um ihn weiter zu beobachten, denn auch er hatte sich nicht ins Foyer begeben. Ich durfte feststellen, daß er nicht einen Augenblick vom Ofen wegsah. Nur hatte er ab und zu, in langen Zwischenräumen, ein kurzes Zucken des Kopfes; es geschah auch wohl, daß er für einen Augenblick die eine Hand ein wenig hob, um sie dann aber gleich wieder auf die andere niederzulegen. So verhielt er sich aber alle vier Aufzüge, die das Stück hatte, und die drei Zwischenpausen hindurch. Also so, daß er, sobald der Vorhang sich hob, vom Ofen weg zur Bühne, wenn er sich aber senkte, von der Bühne weg zum Ofen hinsah.

Endlich war die Vorstellung aus, das Publikum erhob sich und strömte den Ausgängen zu. Ich sah, wie er den Blick vom Ofen fortwandte und für ein paar Sekunden vor sich nieder richtete, während seine Hände sich langsam voneinander taten.

Endlich aber erhob er sich, indem er sich steif etwas nach vorn beugte, und stand in seiner ganzen Lange ein paar Sekunden da; worauf er sich umwandte und, genau in der Weise, wie er gekommen war, den Gang hin dem Ausgang zuschritt.

Als er ein paar Schritte getan hatte, stieg ich, anstatt den Weg durch den Mittelgang des Parketts, den ich gekommen war, zu gebrauchen, über die Schnur.

Ja, ich hielt es einfach nicht mehr aus; ich mußte ihn anreden, mußte irgend einen Laut von ihm hören, ihn irgendeine Bewegung machen sehen, die wie die eines anderen Menschen war.

Also ich ging ihm nach, holte ihn ein und sagte das erste Beste, was mir auf die Lippen kam.

»Entschuldigen Sie, Herr Nachbar! Wie hat Ihnen das Stück gefallen?«

Er war stehen geblieben, hatte sich gegen mich hergewandt und sah mich mit dem Gesichtsausdruck, den er bei seinem Kommen die ganze Aufführung und alle Pausen hindurch gezeigt hatte, einige Sekunden an, dann antwortete er:

»D-D-Das S-S-Stück t-t-taugt nichts.«

Und, wie ich, der sich immerhin auf dergleichen versteht, versichern darf – er hatte recht ...

Herbst

Mondsturm

Am Himmel steht der gleißend klare Vollmond. Zwischen weithingestreckten, sehr seinen Flockenwölkchen, die, von einem bernsteingelben Hauch durchtrankt, wie sehr hohe, himmlische Krokusbeete sind. Darunter hin jagen durch ein unsäglich reines Blau mit silberweißen Rändern wunderliche Gestalten mächtiger, dunkler Wolkenungetüme. Unablässig dröhnt ein Sturm. Es ist, als ob er die laufrische, mondklare Luft in elektrischen Fetzen und Streifen dahinrisse. Unten im Garten saust und donnert er in den Kronen der Obstbäume, zischt, pfeift und winselt in den hohen, schwarzen Lebensbäumen und in breitem, schwarzen Taxusgebüsch. In gelben Schleiern saust das welke Laub herab, jagt in grell sirrenden, runden Rascheltänzen gespenstig lebendig über die kahlen Rasenflächen. Und doch ist das, in den dröhnenden Einton des Sturmes gefaßt, in der schon vorgerückten Nacht wie eine Stille, aus der sich, aller Augenblicke, nur der dumpf harte Plumps eines fallenden Apfels heraushebt. Bald tritt der Mond klar aus den Dünsten hervor. Dann steht alles in taghellem Glast: die Bäume mit ihren weißgekalkten Stämmen und ihrem sich gilbenden Laub; in magisch hauchfeinem Violett ein paar letzte Rosen, Georginen, ein paar hohe Sonnenblumen, Dahlien, hochstenglige Malven, von denen welche grell weiß hervorstechen, Astern. Bald verschwindet das große, goldene Rund hinter nächtigen, tiefdunkel drohenden

Wolkenballen: dann ist alles schwarze, sausende, dröhnende Nacht, und gespenstiger hebt sich so seltsam lebendig, nur das unablässige, dumpfe Plumpsen des fallenden Obstes hervor.

Plötzlich aber ein Schrei, wie der Laut fern ferner Trompeten. Ob das aus den Höhen her ein Schwarm von Wildgänsen oder anderen großen Wandervögeln ist, die nach Süden ziehen?

Herbstzeitlose

Schon seit Wochen ist die Grummeternte eingeholt. Wenn ich über die Wiese schreite, die ich meine, trifft mich – rings dunstet ein seiner, feuchtkühler, milchig weißlicher Nebel – sein, magisch eingestengelt ein blaß lilafarbenes Wort: Zeitlose.

Vereinzelt und in langen, dichten Flecken beieinander geistert die seltsame, blasse Blume einsam, die einzige, allerletzte, noch über die Weite der kahlen Wiesenstrecke hin, in ihrer geisterhaft hektischen Schönheit; und doch an die ersten, lustig krillen Krokus des frühen Lenzes erinnernd.

Zeitlose. Zeitlose. – Wie kommt es, daß man sie so genannt hat?

Es liegt wie eine besondere Bedeutung darin. Sie, auf der Schwelle, wo alles treibende, aufstrebende Leben sich einzieht, und zurückgeht in sich selbst hinein als in seine letzte, nie auszulotende, mit Sinnen zu erfassende Einheit; dahin, wo es raum- und zeitlos nur noch sein innerster, unverlierbarer Kraftpunkt.

Aber das ist eine verfängliche Region. Und es ist bekannt, daß sie giftig sind.

Stoppelfeld

WWir wandern einen Feldweg hin. Auf beiden Seiten ist er mit Zwetschenbäumen bestanden, deren von Früchten übervolle Äste und Zweige zum Brechen tief herabhängen. In der lauen Herbstsonne ziehen mit silbrig glitzerndem Geflirr traumhaft die Herbstfäden; ziehen sich durch das klare Himmelsblau, winden sich um Baumstämme und über Distel- und Klettengestrüpp hin, spannen hinüber und herüber ihre weißen Fäden und Netze, die manchmal in der Sonne leise in Regenbogenfarben schillern.

Aber über den staubigen Graben biegen wir ab auf eine weite Stoppelbreite. Es ist so schön, da quer immer so drüber hinzuschlendern. Leise knackt und raschelt unter unseren Schritten das mürbe, schon vom Regen fahl ausgelaugte Stroh. Die letzten Ährenleser haben ihre karge Beute schon lange heimgetragen. Auch die Feldtauben haben schon den Krähen das Feld geräumt.

Aber es ist eine so schöne Einsamkeit, sich in witterndem Sonnenschein und zausendem Wind immer so langsam vorwärtsstapfend in diese prächtige, endlose Weite hinein zu verlieren. Aus der Ferne kommen die jauchzenden Stimmen von Kindern, die ihre bunten Papierdrachen steigen lassen. Große, plumpe, schwarze Krähen mühen sich mit schwerem, zausigen Flügelschlag vor unseren Schritten gegen den Wind in die blaue, frisch witternde, von weißen Wolkenballen durchzogene Luft empor, stoßen einen erschreckt knarrenden Ruf hervor. Ein Volk Rebhühner fährt auf, mit schrill kräftigem Schnurren dahin.

Das Jahr ist müd, seine Frucht geborgen. Seine Farben, sein Glanz, die Fülle seiner fröhlichen Formen zieht sich ein, schon treten kahl die Äste zwischen dem dünn gewordenen Laub hervor.

Aber das macht einen so köstlichen Eindruck, lacht einen förmlich an, wie da und dort noch blau eine allerletzte, dürftige Kornblume steht, oder ein Feldrittersporn, sogar noch eine kleine, rote Klatschmohnblume. Und dann sind da noch zwischen den Stoppeln, unter dem kreuz und quer gespannten Labyrinth der Herbstfäden vorlugend, so ganz winzige, reizende, blaue und ziegelrote Sternblümchen und allerlei so zierlichstes, krauses Zwergkraut. Das sieht noch ganz frisch und krill aus. Und man denkt, daß da noch so allerlei ist, das den Winter überdauern wird, so schlimm er auch werden möchte.

Spätherbst

Es ist später Abend. Schon sehr dunkel. Mein Blick richtet sich gen Himmel.

Wolken rasen, trüb steht hinter Dünsten, zunehmend, der zwiegehörnte Mond.

Ich sehe, um ihn herum, ein trüb milchig weißliches Rund. Rings, Chorionzotten nach außen, ein Serolemma. Innen, im Kreis aber, sein, zart, ist es wie das magische Gefaltet eines Amnion, einer Eihaut. Und, wie frei inmitten des trüb verschwommenen, molkig weißlichen Liquor amnii, des Fruchtwassers, schwimmend, in seiner in sich zusammengekrümmten Ruhe, leise, leise sich entfaltend, heimlich im bergenden Rund, sich aufkrümmend ein schon wie erwachend Sinnender, seinen Willen Fassender, ein winziger Embryo, ein goldener Keim, trüb noch, doch hinterm Wolkigen strahlend.

Die Mondsichel in einem großen »Hof«. Aber ist es nicht, am letzten Ende des Jahres, wo alles in Kälte, Dunkel, Nacht und schwere, trübe Zeit sinkt, wie ein verbürgendes Wort?

Ja, zwiegehörnte Mondtiere, geheiligt dem ewig waltenden Mütterlichen einst, dem über die Geburten, die monatliche Regel der Frauen waltenden Mond, krummgehörnte Widder und Rinder, werden um eine Wiege stehen, und Hirten, Könige und wissende Boten, und über ihnen der deutend verbürgende Stern.

Herbstblatt

Vor mir eine herrliche bunteste Herbstfülle.

Heckendornzweige mit roten Hagebutten, aus ihrem gefiederten Laub vor glührote Beerendolden der Eberesche, rote, blaue, weiße Astern, welkes Laub, leuchtend purpurkarminrot, alle Schattierungen von Braun, Gelb, Grün, Chamoisgrau, purpurflammende Brombeerblätter mit rot-geränderten, bleich weißlich gilblichen runden Punkten drin, Laub von Wein, Buche, Eiche, Kastanie, Esche, Birke, dunkelgrüner Christusdorn, Dahlien, mit ihren sauberen, kristallenen Farbentrichtern Georginen.

Aber möcht' es sein was immer, was ich da alles vor mir sehe, so flammend entfacht in seinem Durcheinander – schier verwirrt es mich, meine Freude ist mir vielleicht zu dunkel –: wie erfaß' ich es, wo?

Ein einziges Blatt nehm' ich draus vor, halt' es gegen das Licht, betrachte es.

Es ist das erste, beste, schlichteste, unscheinbarste aus all der Fülle.

Die untere Seite ist graugrün, die obere glänzig dunkelgrün. Es ist schlank, doch in der Mitte ziemlich breit, läuft oben sehr spitz aus. Am Rand ist es leicht gezackt, nur wenig eingekerbt. In der Mitte geht der Stiel als kräftige Rippe, nach oben zu sich verjüngend, bis zur Spitze hinauf. Von jeder Seite der Mittelrippe acht weitere in starr schräger Streckung gegen den Rand hin. Zwischen diesen Rippen, nun schon zahllos, wie kleine, feine, silbriglichtgrüne Blitze, kleinere Rippchen, untereinander wieder verbunden, sich hin und wieder flechtend, verflechtend. Zwischen diesen wieder noch kleinere, zwischen diesen kleinste und feinste.

Ich lange mir das Vergrößerungsglas her, tu' einen Blick in dies feinste Gewirr.

Moleküle, Atome, Elektronen, in nicht auszulotenden Tiefen von Kleinheit unsäglich lebendigste, wimmelnd unmeßbar schnell kreisende, immer je eine feinste Mitte umkreisende Regung kleinster Systeme winzigster Körperlichkeit; Farbe, Form, Saft, Materie hinübervergehend ins Gewimmel immateriell minimal zwiepolar in sich zusammengekugelter Kraft.

Ich halte ein.

Was hab' ich gesagt, bezeichnet? Nichts, und sehr viel, unermeßlichstes.

Doch ewiges Gerüst, deutliche, tragende Achse, in sich geformt geschlossene Unendlichkeit.

Trost im Grauen

Ein trostlos sackgrauer Wintervormittagshimmel, von dem schneidend feuchtkalt ein dichtes Flockengewimmel auf ein weiteingeschneites, matschiges Gelände herniederschwirrt.

Am kahlen Waldsaum schreit' ich hin, seh' plötzlich im schlammigen Schnee etwas kleines, graues daliegen.

Ich bücke mich, heb' es auf.

Wie aus feinstem, altsilbergrauem Filigrangeflecht ein völlig ausgelaugtes Blatt.

Ich halt' es vor mir hin, betracht' es lange.

Hier hab' ich etwas, hab' ich das, was keine Feuchte löste, kein Frost zernagte, fester als Diamant das kristallklare Gewähr.

E · N · D · E

Über tredition

Eigenes Buch veröffentlichen

tredition wurde 2006 in Hamburg gegründet und hat seither mehrere tausend Buchtitel veröffentlicht. Autoren veröffentlichen in wenigen leichten Schritten gedruckte Bücher, e-Books und audio-Books. tredition hat das Ziel, die beste und fairste Veröffentlichungsmöglichkeit für Autoren zu bieten.

tredition wurde mit der Erkenntnis gegründet, dass nur etwa jedes 200. bei Verlagen eingereichte Manuskript veröffentlicht wird. Dabei hat jedes Buch seinen Markt, also seine Leser. tredition sorgt dafür, dass für jedes Buch die Leserschaft auch erreicht wird.

Im einzigartigen Literatur-Netzwerk von tredition bieten zahlreiche Literatur-Partner (das sind Lektoren, Übersetzer, Hörbuchsprecher und Illustratoren) ihre Dienstleistung an, um Manuskripte zu verbessern oder die Vielfalt zu erhöhen. Autoren vereinbaren direkt mit den Literatur-Partnern die Konditionen ihrer Zusammenarbeit und partizipieren gemeinsam am Erfolg des Buches.

Das gesamte Verlagsprogramm von tredition ist bei allen stationären Buchhandlungen und Online-Buchhändlern wie z. B. Amazon erhältlich. e-Books stehen bei den führenden Online-Portalen (z. B. iBookstore von Apple oder Kindle von Amazon) zum Verkauf.

Einfach leicht ein Buch veröffentlichen: **www.tredition.de**

Eigene Buchreihe oder eigenen Verlag gründen

Seit 2009 bietet tredition sein Verlagskonzept auch als sogenanntes "White-Label" an. Das bedeutet, dass andere Unternehmen, Institutionen und Personen risikofrei und unkompliziert selbst zum Herausgeber von Büchern und Buchreihen unter eigener Marke werden können. tredition übernimmt dabei das komplette Herstellungs- und Distributionsrisiko.

Zahlreiche Zeitschriften-, Zeitungs- und Buchverlage, Universitäten, Forschungseinrichtungen u.v.m. nutzen diese Dienstleistung von tredition, um unter eigener Marke ohne Risiko Bücher zu verlegen.

Alle Informationen im Internet: **www.tredition.de/fuer-verlage**

tredition wurde mit mehreren Innovationspreisen ausgezeichnet, u. a. mit dem Webfuture Award und dem Innovationspreis der Buch Digitale.

tredition ist Mitglied im Börsenverein des Deutschen Buchhandels.

Dieses Werk elektronisch lesen

Dieses Werk ist Teil der Gutenberg-DE Edition DVD. Diese enthält das komplette Archiv des Projekt Gutenberg-DE. Die DVD ist im Internet erhältlich auf **http://gutenbergshop.abc.de**

Zeitfracht Medien GmbH
Ferdinand-Jühlke-Straße 7
99095 Erfurt, Deutschland
produktsicherheit@kolibri360.de